元ブラックな社畜の悪役令嬢ですが、転生先ではホワイトな労働条件と王子様の溺愛を希望します

当麻咲来

Illustration
KRN

gabriella books

元ブラックな社畜の悪役令嬢ですが、転生先ではホワイトな労働条件と王子様の溺愛を希望します

contents

プロローグ

夜十時。ひたすら残業漬けの社畜として生きてきた妹尾永美《せのおえみ》は、久しぶりに夜自宅アパートで眠ると、ほくほくとした気持ちで帰宅の道を急いでいた。

満開の桜から、ひらひらと花びらが散っている。

「ほぇぇ、もう桜が散る季節か」

いままでそんなことに気づく余裕もなかった、今日は三月最後の日で金曜日。どこかから花見をしている酔客が歌うバースデーソングが聞こえる。

明日四月一日は永美の誕生日だ。しかも三十歳になる記念日だ。

（まあ一人っきりで迎える誕生日だけどさ～）

祝ってくれる両親は既になく、故郷からも離れていて友達もいない。それでも手には運良く閉店ギリギリに買えたお気に入りの店のケーキ（閉店間際で三十パーセントオフ！）と、コンビニで買ったつまみとサワーがあった。

「……課長、明日は一日休んで良いって言ってたもんね。……絶対に携帯はオフにして、電話には出ないからね！」

一人だけれど、楽しい。今夜は頂き物の高級なバスソルトを入れて、ゆっくりお風呂に入ろう。いや睡眠不足で寝落ちしたら危険か。とにかくシャワーは浴びて、楽な部屋着に着替えて……。などという幸せな妄想をしていたときだった。

突然、永美の視界に飛び込んで来たのは、トラックのヘッドライトに映し出された子猫の姿。咄嗟《とっさ》に危ないと思って歩み寄り、子猫を抱き上げた。トラックはブレーキを踏むこともなく、吸い込まれるように自分に向かって走ってくる。

「――え?」

運転席を見上げると、心臓を抑えて苦しそうな表情をしている初老の男。

(あ。これ絶体絶命な気がする……)

一瞬のことに、逃げようもなくその場に立ちすくんでいると、トラックはブレーキが踏まれる気配すらないまま、まっすぐに永美の方に向かって走ってきた。

◇◇◇

「エミーリア・ハイトラー。今日をもって、貴女《あなた》との婚約を解消させてもらう!」

次の瞬間、金髪に琥珀色《こはくいろ》の瞳をしたイケメンが、自分に人差し指を突きつけ、大上段から偉そうに宣言していた。

（……えっと、これ、何？）

さっきトラックが自分に突っ込んできたはず。自分はあのトラックに轢《ひ》かれなかったのか？　そもそも先ほどの街灯もない寂れた裏道から、今は明るい室内に景色が変わっている。永美が自分の状況が把握できず、呆然《ぼうぜん》としていると、辺りにいた人達はザワリとどよめいた。

（なに、何、ここどこよ？）

彼女が辺りを見渡すと、そこは何かの乙女ゲームで見たことがあるような光景だった。

（トラックに撥ねられて、どこかのお屋敷に飛び込んだとか、そういうんじゃないよね？）

こちらをチラチラと見て、噂話《うわさばなし》に興じている女性達はお尻の辺りが膨らんだ、色とりどりのドレスを身につけており、男性はそれをエスコートするのに相応《ふさわ》しい燕尾服《えんびふく》のような物を着ている。

（なんか、なんちゃってヨーロッパみたいな感じだな）

ぼうっとそんなことを考えていた。ちなみに全員、顔は欧米人のそれだし、よく見たら自分のいる場所は、ホールのように天井が高く広いスペースに、壁には様々な絵画やタペストリーが飾られている。壁紙はツタなどの模様が織り込まれた高級な布製のものだ。そして壁に沿って椅子とテーブルがあり、テーブルの上にはたくさんの美味《おい》しそうな料理と飲み物が置かれていた。

（多分、なんかのパーティ会場って感じだよね。現代のパーティとかではなくて、やっぱりヨーロッパの舞踏会っぽい気がする）

リアルでそんな光景をみたことがないので、それこそアニメとか、映画の世界のようだ。

「公衆の面前で婚約破棄なんて……」

「でもほら、あの方……いい評判を聞かないから……」

周りにいる美しいドレスを身にまとった女性達からは醜悪な表情を向けられ、抑えきれない蔑みの声まで聞こえる。彼女達をエスコートしている男性達も眉を顰《ひそ》め、馬鹿にしたような顔でこちらを見ていた。

（……なぁんか、このシチュエーション、どこかで……）

これだけ酷《ひど》い状況なのに、正直現実感がまったくない。まるで頭の中で嵌《は》まらないパズルをどうやったら上手《うま》くいくか確認しているみたいだ。などと考えていたら、苛立《いらだ》たしげだった目の前の男は今度は無反応の永美のことを訝《いぶか》しげな顔で見つめる。

「わかっているのか？　僕は今、君にはっきりと婚約破棄を申し出たのだ。エミーリア・ハイトラー。もう一度言う。今日をもって、貴女との婚約を解消させてもらう、とね」

人差し指を突きつけて、高らかに声を上げる。正直意味が理解できないから、永美としたら『あ、そうっすか』ぐらいの感情しか起きない。

（というか婚約破棄って……一般的に考えたらそんな簡単な話じゃないよね……？）

やれ慰謝料だの、婚姻準備に掛かるお金とかがあればそれの精算だの……。ちょっと想像しただけで色々面倒そうだ。だが目の前で婚約破棄を主張した男は、宣言したらそれで終わりだと思っているのか、どうやら一方的に婚約破棄した相手、つまり永美に対して、すっかり興味を失ったらしい。

「……なあ、アンジェリカ。見ていてくれただろう？　これで僕はもう自由の身だ。君の愛だって受け入れられる！」

呆然としている自分を無視して、彼は後ろにいた黒髪の可憐《かれん》な女性に、さも『僕、言ってやりましたよ！』的なドヤ顔をする。

「さあ、安心して僕の腕の中に飛び込んでおいで！　エミーリアからも君を守るから」

きらっきらした表情で両手を広げて黒髪の彼女に訴えかける。だが当の彼女は困惑顔だ。

「………………」

二人の間になんとも言いがたい奇妙な空気が漂っていた。

（やっぱりこの光景、どこかで見たことがある……）

永美は既視感を覚えながら二人の様子を見ていると、唐突に脳裏に一つのシーンが浮かんできた。

（ちょ、これって！）

突然気づいてしまった。それは永美がハードワークの間の心の支えにしていて、何度も周回したお気に入りの乙女ゲームのワンシーンだ。でも目の前の男は攻略キャラじゃないから名前も思い出せない。だが、その彼が振り向いて媚《こ》びを売っている相手は知っていた……。

「あ、あ、あっ……アンジェリカぁ？　それって『アンジェリカ、時を巡る恋』のヒロイン！」

思わず素っ頓狂な声を上げた瞬間、会場の男女から先ほどよりもっと遠慮のない視線が一斉に集まる。紳士淑女っぽい人全員からめちゃくちゃ無遠慮に見つめられて、正直視線が痛い。

その一方で、心臓の鼓動がじわじわと跳ね上がっていくような不安感。この嫌な感覚はこの体に馴《な》染《じ》みのあるものだと直感的に思った。

(ちょっと待って。だとしたら、これは誰の気持ち?)

自分の胸が痛いのだから、自分の気持ちなのだろうか。だがそれはやっぱりヴェールに覆っているように実感のないものでもあった。

痛みを堪えるように胸に手を当てながら、状況を把握しようとする。永美の目の前にいるのは、優しくて可愛《かわい》らしく、誰もが愛さずにいられないという設定のゲームヒロインのアンジェリカだ。そして今、婚約破棄されたシーンはまるで……。

そこまで思い出してザッと血の気が引いた。瞬間、炎に包まれながらアンジェリカに呪詛《じゅそ》の言葉を叫ぶエミーリアの姿がフラッシュする。思わず足元がふらついた。

刹那。

「エミーリア嬢、大丈夫ですか?」

慌てて手を取って支えてくれたのは、その当のヒロイン、優しいアンジェリカだった。

(ふわぁぁ、ゲームヒロイン、やっぱり可愛い。睫毛《まつげ》が長くて瞳がうるうるだ~。こんな良い子を苛《いじ》めまくるなんて、エミーリア、ガチで信じられない)

心配そうに眉を寄せ、案じてくれる様子にきゅんとする。さすがヒーローを陥落させて、全員から愛されるだけある。

（……って、ちょっと待って？　私、エミーリアって呼ばれている、よね）

その名前に永美は記憶があった。

エミーリア・ハイトラーは侯爵令嬢だ。しかもこの愛らしいヒロイン、アンジェリカをひたすら苛めまくる悪役令嬢なのだ。

（はっ。アンジェリカがあんまりにも可愛かったから、うっかり手を握りしめちゃったけど……）

ストーリー序盤のこのシーンで、悪役令嬢エミーリアはヒロイン・アンジェリカの前で婚約を破棄をされる。ショックで倒れそうになるエミーリアを、アンジェリカは支えようとするのだけれど、彼女の手を払いのけた勢いで、エミーリアのつけていた指輪が彼女の顔にあたって、頬《ほお》に傷を負わせてしまうのだ。

（その上『この泥棒猫！　清純そうな顔をして、体で私の婚約者を奪ったのね！』とか、ダサいセリフを叫んじゃって、このパーティに来ていた人達をドン引きさせるんだよねえ……）

そもそもエミーリアは社交界でとても評判の悪い令嬢だった。それでも他の女性を好きになったからという、理不尽かつ一方的な婚約破棄であれば、普通なら責められるのは当然婚約者の方だっただろう。

だがその直後の態度と、それから先もずっと執拗《しつよう》にアンジェリカを苛めまくったせいで、エミーリアは婚約者に婚約破棄されて当然、という扱いをされたのだった。

（ちょっと待ってね。……色々いっぺんに起こりすぎて訳がわからないんだけど……）

でもストーリー通り、こんなに優しいアンジェリカをひっぱたく訳にはいかないし、あんな品のないセリフも言いたくない。

困った。……この場をどう凌《しの》げばいいのだろう……。

婚約破棄された侯爵令嬢と、その令嬢との婚約を一方的に破棄した貴族令息。そしてその原因となった男爵令嬢。

周りは話のネタになりそうな面白い状況が展開していることに、ワクワクしたような表情を浮かべている。

突然こんなカオスな状況に飛び込んでしまった永美としては、喉から手が出るほど状況を整理する時間が欲しい。なにか良い方法はないかと思った瞬間、永美はエミーリアの記憶で昔習った行儀作法の授業を思い出す。

そこで最終局面にしか使えない、究極の令嬢テクニックを教えてもらっていたのだ。

その作戦を実行すべく、手を額に押し当てて顔を上げる。感情が高ぶって頭の中が震えるような感覚だけを意識して、それ以外のことが遠のいていくように目を閉じる。

「……あっ」

……なんでそんなことができるのかわからないが、言われたとおり気合いを入れたら、永美は授業で教わった通り、完璧に失神することができたのだった。

◇◇◇

久しぶりに満足するほど、たっぷりと眠った。社畜生活のおかげで、このところの平均睡眠時間は四時間を切っていたのだ。そりゃもう気持ちよく眠れた。

（はぁ。なんなの？　この寝心地、最高なんだけど！）

絹かそれに類する生地で作られた寝具なのだろう。手のひらでシーツと掛け布団をさわさわと撫《な》でる。目が均一で詰まっている布は、つるつるサラサラだ。生地自体がしっとりしていて、すりすりと頬をすり寄せても、一切引っかかったりせず、肌と溶け合いそうなくらい心地よい。めちゃくちゃ癒やされる触り心地だ。

（あぁ、このまま惰眠を貪りたい…………けど）

名残惜しげに未《いま》だにシーツをさわさわしながらも、少しずつ頭が覚醒してくる。はぁっと溜《た》め息《いき》をついてシーツから手を離し、いやいや体を起こす。

睡眠欲は尽きないけれど、先に色々対策をしてからでないと色々マズそうだ。永美はのそのそと起き上がると、ベッドの上であぐらをかいた。ぐしゃっと髪を掻《か》き上《あ》げると、その髪がきらきらと輝く金髪で一瞬固まった。

（やっぱり私、夢を見てたわけでもないってことよね？）

ちなみに裾をまくって無理矢理《むりやり》あぐらをかいたけど、着ている服もネグリジェみたいなレースと絹で作られた、気持ち良い素材のワンピースのようなものだった。部屋全体の様子は暗くてよくわからないけれど、中央にドーンとベッドが置かれており、枕元にあるチェストに、ランプのような小さな灯《あか》りが一つおいてあった。

とりあえず誰かが入ってくる前に少しでも頭の整理をしよう。

(確か、私トラックに轢かれた、よね?)

ノーブレーキで撥ね飛ばされたら、まあ死んでもおかしくはない。

(そして今のこの状況……)

ぎゅっと握りしめた金髪を見つめる。どうやら腰の辺りまであるロングヘアみたいだ。

(あの会話……と、アンジェリカ……に悪役令嬢『エミーリア』)

永美は立ち上がり、辺りを見渡す。枕元の小さなランプを持って窓の方に近づいて行く。

(まだ夜か……)

カーテンを開けると外は暗く、窓にはガラスのような物が入っていて、自分の姿が鏡のように映っている。

(金色の髪。緑の瞳。綺麗《きれい》な……顔。この子、まだ若いよね)

頬を撫でると、まだ十代のピチピチで、健康な肌の質感に思わずうっとりする。

(私の肌、寝不足と不摂生のせいで、吹き出物はできるし、ボロボロだったからな……。って、そこじゃないから)

そろそろ現実を見ないといけないだろう。もしこれがトラックに轢かれた後、意識を失っている間の夢とかではないのなら……。

「もしかして転生、とかそういう奴《やつ》なのかな……」

しかもやっていた乙女ゲームの世界に転生とか、ライトノベルでよく見かけるベタ過ぎる展開じゃないか。いやいや、そんなこと絶対にあり得ない。と否定しようした瞬間、何かに首を撫でられたような違和感を覚えてびくんと体を震わせる。

「あり得ない、と思うでしょう？」

刹那、エミーリアの耳元で何かが話した。

「きゃっ」

咄嗟に悲鳴が出かかる。だがエミーリアの金色の長い髪を掻《か》き分《わ》けて、にゅっと中から顔を覗《のぞ》かせたのは黒い小さな猫だった。

「さっきは助けてくれてありがとうね」

次の瞬間さっき拾い上げた子猫だと気づいて声すら失う。猫と至近距離で目が合って、思わず声を上げていた。

「――っ。猫、猫がしゃべった！」

永美が叫ぶのも気にせずに、猫は髪の間から全身を出すと、彼女の肩の上に器用に座って、彼女の頬に額を擦りつけた。

「ただ、『社畜として生きていた妹尾永美（三十歳になりかけ）』は残念ながら死んじゃったんだけどね～」

「……え？」

子猫は軽い口調でさらっととんでもないことを言ってのけた。

「いや、心筋梗塞を起こした運転手のトラックが、永美の体にドーンってぶつかって来ちゃったもん。アレは助からないよね。まあ抱き上げてもらったお陰でボクは助かったけど」

にんまりと笑う姿は、まるで不思議の国のアリスに出てくるチェシャ猫のように表情豊かだ。

「でさ、ボクの代わりに死んだようなものだから。お礼に、せめてどこかの世界へ魂だけでも逃がしてやろうとしたらさ、手っ取り早かったのがこの世界だったみたい」

子猫は永美の肩から一歩足を踏み出すと、ふわふわと宙に浮く。どうやら助けたのは真っ当な猫ではなかったらしい。

「どこかって『アンジェリカ、時を巡る恋』の世界？」

「そう。いやゲームの中っていうけどさ、その中には人がいて生きている訳よ。概念上の世界では」

突然哲学的なことを言われて、永美は戸惑った。

「概念、上？」

戸惑っている彼女に黒猫は妙に人間っぽい思索的な表情を向けた。

「そう。こぎとえるごすむ。だよ」

「……へ？」

「cogito《コギト》 ergo《エルゴ》 sum《スム》」

「んんん？」

それは昔の哲学者が言った言葉ではないだろうか。確か「cogito,《我思う》 ergo《故に》 sum《我あり》」だ。

「つまり永美がエミーリアになって、この世界で思考し存在しているってことは、この世界はあるってこと。それ以上は何も考えなくてもいいよ。だって存在している事実なんだから」

よく……わからないが、この世界が実在しているかどうかに対する疑問は、持たなくて良いということか。

「……って、あなた、チュートリアルの？」

ふと気づいたが、『アンジェリカ』ゲーム内でチュートリアルを教えてくれるナビゲーターが、ちょうどこの子みたいな真っ黒な子猫だった気がする。

「そうそう、だからここの世界はボクにとって構築しやすかったってのは、あるんだよね」

頭の中を読み取ったように、子猫はそう答える。

「構築？」

疑問の声を上げた瞬間、猫は永美の言葉を無視してにっこりと笑った。

「たださ～問題は、この世界のエミーリアは処刑されちゃう悪役令嬢ってことなんだよね」

子猫の言葉に、ハッとする。

「そうだよ。このままじゃ私《エミーリア》は……」

ゲームの内容を思い出して、一気に血の気が引く。

悪役令嬢エミーリアは、この後婚約破棄された原因となったアンジェリカを恨み、彼女に悪質ないじめをした。挙げ句、ドレスメーカーにあったアンジェリカのパーティ用のドレスを焼こうとして失敗する。そしてアンジェリカがその火事に巻き込まれそうになった時にヒーロー（ルートによって変わるけど）に救われ、ハッピーエンドのフラグが立つ。

だけどエミーリアは、王宮御用達のドレスメーカー焼失と、オーナーデザイナーに大やけどを負わせた放火の罪で、悪役令嬢に相応しい最期を遂げてしまうのだ。

「ってか私、あの婚約者の男に全然興味ない。婚約破棄してもらって全然ＯＫだし。どっちかっていうと、アンジェリカと友達になれる方がいいからドレスなんて焼かないし！」

両手を握って声を上げると、猫はうんうんと頷《うなず》く。

「そう、つまり永美がエミーリアになったここは、もうゲーム内の世界じゃない。実在の世界なんだから、エミーリアが好きに行動して自分の未来を選択していったらいいよ」

（でも……そもそもエミーリアってどんな人、だったんだろう）

ふと思う。ゲーム内ではエキセントリックで、意地悪で嫌な奴だったけれど、ゲーム内の悪役ではなく、自分の人生を生きる一人の人間だとしたら、彼女の行動にはそれなりの理由があったはずだ。

先ほどのパーティでエミーリアが感じていた嫌な空気。ゲームスタート時点で、既にエミーリアの評判はあまり良くなかった気がする。でも、どうして彼女が悪役だったのか、なんて考えた事もなかった。

（まあエミーリアで転生は、正直ハードモードの予感はするけど……）

それでも本来なら死んでいたはずなのだ。生きていただけで丸儲《まるもう》けだ。亡くなった父親の言葉を思い出して気合いを入れる。

（五十歳で過労死した父よりは長生きしてやるって、そう思ってたんだよね。それなのに私まで三十歳手前で事故死なんて……納得出来ない。たとえ転生でもいい。今度こそ寿命を全うしてやる）

「……やる気になった？」

彼女の思考を読んでいるのだろう、子猫がそう言って笑う。

「うん、そうだね、死んだ気になって……」

「死んだ気になって？」

猫がチェシャ猫の笑みを浮かべる。

「死んだ気になって……社畜以外の生き方をするわ！」

口から出た言葉は多分、思っていたこととは違っている気がする。それでも永美は小さく頷いてその言葉を繰り返した。

「あの事故、起こした方も死んだ私も過労死みたいなもんよ。今世では社畜みたいな生き方は絶対しない。もっと……生きることを楽しんでおかないと、死んだ時に後悔するからね！」

高らかに宣言した永美を見て、猫は宙に浮いたまま、パチパチと器用に両前足を拍手するように叩《たた》いてみせる。とりあえずオチがついたあたりで、あくびが出た。

「私、なんかすごい疲れているみたい。後は明日の朝、起きてから考えるわ」

枕に頭をもたれかけさせ、力を抜くと睡魔に身を任せようとした。すると耳元でしゅるりと尻尾が動き、顔を近づけた猫が囁《ささや》く。

「わかった。じゃあボクはシステムのフォローっぽく、永美が寝ている間に、エミーリアの今までの記憶を永美の中にも定着させておくね」

その言葉に頷くと、永美は再びぐっすりと眠りについたのだった。

第一章　エミーリアが悪役令嬢になった理由

エミーリアは生まれた時に母を亡くしている。そして侯爵である父はすぐに後妻を娶《めと》った。だが義母となったサンドラは、エミーリアより二歳年下の自分が産んだ娘ばかり可愛がり、エミーリアには関心を持たなかった。そんなエミーリアにとって、唯一の味方となりうるのは父で、だから冷たい父ではあったが、父の言うことには逆らえなかった。

今、夢の中の幼いエミーリアは、父に連れてこられて王宮内にやってきていた。

その日は次期当主になる貴族の子供達が交流のために集められていたからだ。エミーリアを連れて行くと言ったせいで、朝からサンドラの機嫌は最高潮に悪く、エミーリアは散々八つ当たりをされた。ピリピリする妻のせいで、父まで機嫌が最悪だった。

「お前はとにかく口は利かず、ここから動かず、静かにしているんだぞ！」

首が痛くなるほど見上げた先には、怖い顔をした父親がいた。まだ幼いエミーリアは、緊張しつつもコクリと頷く。ぎゅっと握りしめていた自分の手は、本当に小さな子供のものだ。社交の下準備のために連れてこられたというのなら、多分五歳か六歳ぐらいの頃の話だと判断する。

「わかったな、歩き回るなよ」

父はそれだけエミーリアに言うと、誰かと長い話を始め、気づくとどこかに行ってしまっていた。命じられたら子供は人形のように待っていると思い込んでいるのだろう。

エミーリアは最初のうちは大人しくしていたが、しばらくすると飽きてきて、開いていた掃き出し窓を見つけると、そこから外に出ていく。

「ぽっぽっぽ～、はとぽっぽ～」

王宮の庭だ。危険な物はなく、たくさんの花や緑に囲まれエミーリアは楽しそうに歌いながら歩いて行く。日本語の歌を歌っているのだから、やっぱり覚醒したのがあの時なだけで、もともと中身は転生した永美で間違いないのかも知れない。よく思い出してみると、突然異国の言葉で歌ったり喋《しゃべ》ったりするせいで、余計義母に気持ち悪がられていた記憶もあった。

何はともあれ王宮の綺麗な庭園を歩く幼女の姿は、ほっこりのどかな光景だ。

(でも、父親と離れて大丈夫かしら)

などと第三者視点で永美は心配している。そして案の定というか、歩いて行った先には不穏な光景が広がっていた。

ちょうど東屋《あずまや》を通り過ぎたところにある、裏側の開けた場所だ。エミーリアは東屋を通り抜けているときに突然大人の声が聞こえて、先ほどの父親の言葉を思い出し、慌てて姿を隠した。

(お城の人に見つからないようにしないと、お父様に怒られちゃう)

おそるおそる顔だけを出して様子を確認する。すると、王宮の騎士らしい衣装を身につけた男と、その前に膝を地面につけて這《は》いつくばっている小学校高学年ぐらいに見える男の子がいた。

(剣の稽古をしているのかしら……)

小ぶりな剣が少年の横に落ちている。エミーリアは二人の様子を隠れたところから覗き見る。

「さっさと剣を取ってください」

騎士の男は大上段から少年を見下ろして、冷たい口調で語りかけた。その目の色の冷ややかさに、エミーリアはゾッとした気持ちになる。

少年は、整えられた綺麗な銀髪に紫色の瞳をしていて、綺麗な衣装を身にまとっていた。間違いなく上位貴族の子供のように見受けられるのに、騎士は剣を片手にようやく立ち上がりかけたその少年の手を、容赦なく打ち据える。エミーリアは自分が叩かれたように、ぎゅっと身を竦《すく》めた。

「痛っ」

少年も当然痛かったらしい。手を叩かれて剣を取り落とす。それなのに痛がっている少年の背中を男は剣の柄でさらに打ち据えると、少年は力尽きたように地面に膝をついた。

「ハッ。貴方《あなた》には高貴な父君の血が一滴も流れていないんですか？　とことん、下賤《げせん》な母君の血が濃いのですね」

丁寧な口調だが、明らかに相手を嘲るような声。薄笑いを唇に浮かべていて、夢の中のエミーリアも、見ている永美も思わず眉を顰めていた。

ない。


（意地悪で、嫌な奴！）

（こんな子どもを苛めるなんて、最低ね）

小さなエミーリアと、永美の声が心の中で重なる。だがそんなエミーリアたちの心の声は当然届かない。

「もう……やめてください」

「全く情けない。たかがこれしきのことで、そのような声を上げるとは……」

（こんな風に一方的に暴力を振るわれて、泣かないだけでも偉いのに）

エミーリアと永美が同じ感想を抱いた瞬間、男は深々と溜め息をつくと、再び倒れ込んでいる少年の背中を打ちのめす。鞘《さや》に入った剣で叩かれて、男の子は痛みでその場に座り込んで動けなくなってしまった。

「今日の稽古も碌《ろく》にできませんね。全く貴方のような人間があのお方の子供様とは……」

はぁっと呆《あき》れたような息を吐いて、男は辺りに視線を向けて誰にも気づかれていないことを確認してから立ち去る。

「……ううっ」

痛みに呻《うめ》く少年を見て、とっさにエミーリアは少年の傍《そば》に走り寄っていた。

「大丈夫？　アイツ、ひどい奴ね。私、お父様に言いつけてやるわ」

あまりエミーリアには優しくないけれど、父は暴力が嫌いなはずだ。それに家では一番偉いのだ。

きっとさっきの騎士ぐらいなんとか出来そうな気がした。エミーリアは腰に手を当てて、えっへんという顔をする。すると彼は顔を上げて、訝しげな顔をした。

「お父様って……君は誰？」

「私、エミィ」

舌っ足らずな言い方で、自分の愛称を名乗ると、彼は小さく首を横に振った。

「ありがとう、君の気持ちだけ受け取っておくよ」

諦念のこもった表情で笑うと、少年はなんとか身を起こしドサリと地面に座る。エミーリアはドレスのまま地面に座る訳にもいかなくて、少年の綺麗な紫色の瞳をじっと見ながらしゃがみ込む。彼は銀色の髪を自分で梳《す》いて整えると、さきほど地面についていた膝をパンパンと叩いて土埃《つちぼこり》を落とした。

「ねえ。アイツ大人なのに、まだ子供のあなたに、なんであんな酷いことするの？」

その様子を見て先ほどのことを思い出したエミーリアは、そう彼に尋ねた。

「そんなに大人でもないよ。叙勲したばかりだしね。それにあの男は、僕の父親の新しい奥さんの弟なんだ」

「おとうさまの、おくさんの、おとうと？」

「そう。あの男の姉は、僕の血の繋《つな》がってない母親なんだ。そして彼は下賤な血を持つ僕が、お父様の第一子であることが到底許せないらしい」

エミーリアのような子供に言ってもわかる話ではないと理解はしているのかもしれない。それでも何かを話したかったのだろう。その空気だけは理解出来たので、しゃがみ込んだまま話を聞く。

「僕の母親は下町出身の平民でね。すごく綺麗な人だったんだ。それで僕の父が一目惚《ひとめぼ》れして僕が生まれたんだけど……」

歌うように話す男の子の言葉にエミーリアは黙って頷く。

「あの男は、僕のお母様のことも、僕のことも嫌っているんだ。いや、あの男だけじゃない、この王宮すべてが僕の存在を煙たいと思っている。僕にここから消えてくれたらいいのにってね」

紫色の目は将来に何にも希望を持たないように虚空をさまよう。

「せめて……お母様が、もうすこし血筋の良い家の娘だったらよかったのに。そもそも図々《ずうずう》しく、あの人の寵愛《ちょうあい》なんて受けなければよかったんだ。お母様が馬鹿で、穢《けが》れていて、下賤の生まれだから、僕は……」

ぼそりと呟《つぶや》いたその声に、はっとエミーリアが視線を上げる。

「お母様の悪口は言っちゃダメ！」

ぎゅっとエミーリアは男の子の手を握る。彼は何が起きたのかわからないように目を大きく見開いた。

「あのね。あなたのお母様は世界に一人だけだし、あなたはたった一人のお母様がほんとうは好きでしょう？　だったら皆が悪口を言っても、あなただけは言っちゃダメ。嘘《うそ》をついたら、嘘が本当になっちゃうんだから」

ぎゅっと握った手を、彼は呆然と見つめている。エミーリアは首にかけていたネックレスを引っ張り出す。そこには緑色の石がついた綺麗な指輪が一つぶら下がっているのだ。

「エミィのお母様はね、もういないの。この指輪はお母様の大切なもので、エミィに遺《のこ》してくださったものなの。でもねエミィが生まれた時に死んじゃったから、肖像画でしかお母様の顔を知らないの。……でね、お父様には新しい奥さんがいてね、その人は私の新しいお母様だってみんな言うけど、それは違うの。だってエミィのお母様は世界にたった一人だから。……だから誰が何を言っても、エミィだけは絶対にお母様の悪口は言わないの。……だってエミィの大切なお母様だもの」

「お母様は……一人だけ」

支離滅裂なことを言うエミーリアを見て、彼はじわりと目を潤ませ、耐えきれずに涙を零《こぼ》した。唇が微《かす》かに震える。

「そうか……そうだよな。お母様は世界に一人だけだから……僕が悪口を言ったらダメだよな。たった一人の息子に嫌われたら、お母様も悲しいだろうし」

そう言うと彼は小さく笑ってゆっくりと立ち上がる。涙を拭うとふっと空を見上げて、曇ってきたのを確認すると、エミィの手を引いて立たせてくれた。

「ねえ、君はどこから来たの？　そこまで連れて行ってあげる。……僕は、この庭についてはすごく詳しいんだ……」

彼の言葉にエミーリアは手を引かれて歩き始める。

ようやく元いた部屋に戻ったエミーリアは、姿を消した彼女を探していた父親に、『親の言うことを聞いて大人しくしていることもできないのか』とこっぴどく叱られてしまった。そして帰宅してからは義母にも嫌みを言われ『まったく跡継ぎに相応しくない娘だ』と侍女達にまで陰口をたたかれた。

あの少年はエミーリアを送り届けた後は姿を消してしまって、それから一度も会うことはなかった。


その後もエミーリアは記憶を整理するためか、いくつもの夢を見た。

夢の中で、自分が父に愛されておらず、男の跡継ぎを産めなかった義母には嫌われていることを思い出した。

侯爵家の総領娘であるのにもかかわらず、義母と義母に阿《おもね》る侍女達から苛められ続けており、侯爵家の跡継ぎに相応しくないことを印象づけるため、悪い噂《うわさ》をずっと社交界で流されていたことを知った。

その上侯爵家の跡継ぎから遠ざけるため、侯爵家にとってメリットのあるゼファー伯爵令息アーレント（記憶が整理されて、ようやく名前が思い出せた）の元に嫁ぐように画策されていたことを思い出す。

それでもエミーリアは自分に唯一優しくしてくれた婚約者に夢中になった。優しかったのは最初だけだったけれど。しかも彼と彼の実家はエミーリアではなく、侯爵家との繋がりを作る事が目的だっただけなのに……。

（そっか、じゃあアーレントも私と婚約破棄したら都合が悪いはずだよね。どうするつもりなんだろう？　エミーリアが暴れ回らなかった今回は、アーレントが一方的に悪いことになりそうだけど）

過去の記憶を完全に思い出し、どうしてエミーリアが悪役令嬢だったのか思い出した朝は、なかなかに最悪な気分だった。ふと夢を思い出して、自分の左手の薬指を見る。そこにつけられているのは、幼いころはネックレスにしていた母の形見の指輪だ。

（お母様、エミィを守ってください）

昔からそうやって何度もそうやってきたのだろう。左手を右手で覆い指輪を握りしめると心の中で祈る。小さく息を吐き出し、暗然たる気持ちでベッドから降りたエミーリアの予感は、違うことなくすべてが当たったのだった。

◇◇◇

婚約破棄から始まった激動の一夜が明けた。

エミーリアは起床するやいなや、朝からハイトラー侯爵家当主の父グラッドと、義母サンドラに呼び出された。サンドラの横には、いつも通り侍女長がいる。エミーリアはサンドラ第一主義のこの侍女長が苦手だ。蛇に睨《にら》まれたカエルのように身を竦ませる。

「おはようございます。お父様、お義母様」

名目としては朝食の席に呼ばれたものの、はっきりいって美味しく食べられそうな空気ではない。

とりあえず席に座って食事を始め、ほとんどない食欲を最大限盛り上げ、なんとか不自然に見えない程度に食事を取ると、お茶が来た瞬間、父親が話し始めた。

「……昨日、ゼファー伯爵子息アーレント様から、婚約を破棄されたと聞いたのだが？」

オブラートも何もないストレートな言い方に、思わずエミーリアは何と言っていいのか迷う。

「報告もなかったのだが、どういうことだ？」

父は義母を見て、睨むような顔をした。

「いえ、あの……エミーリアが失神して帰ってきたと聞いて、昨夜のうちにはお話も聞くことも出来ず……」

慌てて答えるのは、その咎《とが》を責められた義母だ。そして二人の後ろから、お前が思い通り動かないからだとばかりに、ひたすらエミーリアを睨《にら》み付《つ》けている侍女長。

（怖ぁ～～～～～～～）

突然非もないのに婚約破棄されたエミーリアが、一方的に悪いとでも言いたい顔をしている。蛇のような侍女長の目つきに、エミーリアはカエルのように内心ガクガクと震える。

（でも、ここは冷静に振る舞った方がよさそう……）

夢の中で確認した父親は、こういう時に騒ぎ立てるのを嫌うだろうと想像がつく。エミーリアと違って、永美はこの冷たい父親に対する愛着は一切感じていない。割り切ってモラハラ上司だと思えばいい。一つ大きく息を吸って、冷静にできる限り淡々と父親に話しかけた。

「私はアーレント様から一方的に婚約破棄をされただけです。どうやら彼は他にどなたかお好きな方が出来たような様子でした。私、突然のことで驚いて失神してしまったので、何も具体的にお返事はしていません」

エミーリアの理性的な回答に、彼は少し驚いた顔をし、それから納得したように頷く。

「そうか、いつものように見苦しく大騒ぎしたわけではなかったのだな」

(人をなんだと思っているのよ)

と思いつつ、確かにシナリオ通りなら、巻き込まれただけのアンジェリカをひっぱたいて大騒ぎになったのだと理解する。そうならなくてよかったと安堵《あんど》の息をついていると、父は何かを考え込むような顔をした。

「ですが、これでお話が終わったわけではありませんし」

自分の肝いりで始まった婚約話をなんとか継続させようと、慌てて取りなす義母の様子に、後ろで重々しく頷く侍女長。

「あちらの家はきっと当家との縁を望んでおられるはず。近日中に取りなしの連絡がございますわ」

エミーリアを外に出して、自分の娘を跡継ぎにするがために、必死な義母に苛立ちが募り、エミーリアは被《かぶ》せるように声を上げた。

「私は今回のアーレント様の軽率な行動にうんざりしています。あのような浅慮をされる方との婚約は破棄したいです！」

だが父はそんな娘の主張を聞くと、不機嫌そうにぎろりとエミーリアを睨んだ。

「……お前の結婚に、お前の判断など関係ない！」

父親が怒鳴り上げた瞬間、全員がひゅっと身を竦める。

「命じられた通り嫁げばいいのだ。我が侯爵家と、ゼファー伯爵家との結びつきを強めるためにな。求めているのはそれだけだ」

吐き捨てるように言われると、理不尽さに怒りがこみあげてくる。

「他の女性が好きだから婚約破棄したいと失礼な申し出をしたのはあちらですよ。それをもとにせいぜい婚約破棄の違約金をたっぷりせしめたらいいじゃないですか。何を遠慮しているのですか？　仮にもこちらは侯爵家。このような辱めを受けて、そのまま婚約継続でよろしいのですか？」

感情を抑えきれずそう声を荒らげると、父はむっとしながらも、一考の価値はあるかと口元に手を当てた。だがその瞬間を狙ったかのように侍従長がやってきた。

「ゼファー伯爵家より書状が届いています」

父はムッとした顔のまま手紙を受け取る。エミーリアはなんとなく嫌な予感がした。

「……今回の騒動についてゼファー伯爵家からの謝罪の手紙だ」

伯爵家からの手紙には、アーレントからの婚約破棄はあれだけおおっぴらに行われたのにも関わらず、『アーレントの冗談』『婚約者の気持ちを確認したかっただけ』という痴話げんかにしても残念過ぎる言い訳が書かれていたらしい。もちろんお詫《わ》びと言う名の金品もたっぷりと届いた。それを見ただけで、父の気持ちはあっさり元の路線に戻ったらしい。

エミーリアの実家は侯爵家と言うことで爵位は高い。だが政治はしたがるが、高飛車で金策の下手な父のせいで家にはあまりお金がない。そしてゼファー伯爵家にはお金はあるけれど権威がない。この縁組みは、お互いメリットがあるのだ。

今回はエミーリアが問題行動を起こさなかったので、一方的に婚約破棄を申し出たアーレントが悪いということになった。結果としてハイトラー侯爵家ともめたくないゼファー伯爵家としては、大慌てで平身低頭、言い訳だらけのみっともない手紙を送りつけてでも、もう一度婚約続行したいという方向に向かったのだろう。

(ちょっと暴れて、あのまま婚約破棄続行に仕向けておくべきだったな〜)

正直政略結婚だとしても、他の女性を好きになったからと、公衆の面前であんな失礼なことを言ってきた男となんて絶対に結婚したくない。馬鹿にしているのにもほどがある。だが義母は明らかにほっとした顔をしていた。

「そうなのですね、アーレント様にも困ったもの。とはいえ好きな女性に対して、不器用になってしまうのもわからないことはないですし。こうしてすぐにお手紙を送ってくださるあたり、誠実さを感じますわ」

(どーこーがーだよ!)

思いっきり心の中で毒づく。義母はどうやらエミーリアの気を引きたいアーレントの恋の駆け引き的な形でオチをつけたいらしい。

「まあ、若い男性にはいろいろとあるだろう。多少噂にはなるだろうが、二人の婚約を正式なものとすれば、噂も収まるに違いない」

結局父は、ゼファー伯爵の強引な婚約破棄の誤魔化《ごまか》しを了承するつもりらしい。

「では、さっそくお返事を送らないとですわね」

嬉々《きき》として義母はそう答える。前妻の娘であるエミーリアを、少しでも早く追い出したくて仕方ないのが見え見えだ。

(でも悪役令嬢として放火して焼死なんて最悪の展開は絶対に避けたいけど、それだけ避けられたら他はなんでもいいってわけじゃないからね)

せっかく生まれ変わってこの世界に来たのだ。会社のためにとか家のためにとか、そういう何かのために、自分を犠牲にするような生き方はもううんざりだ。

「私は絶対にアーレントとは結婚しません。あんな公衆の面前で一方的な婚約破棄をされたんですよ。侯爵家の沽券《こけん》にも関わります！」

もう一度主張を口にするが、父はぎゅっと眉を吊《つ》り上《あ》げて、声を荒らげた。

「お前ひとりのわがままを、許せるわけがないだろう。こちらにはこちらの事情があるんだ。四の五の言わず親の言うことに従えばいい」

この男は娘を自分の望むように仕向けたいと、それしか考えていないのだろう。思わず黙り込んでしまったエミーリアを見て、父はわかっただろうと、満足げな顔をした。

「……一ヶ月後、建国記念のパーティがある。そこで国王陛下にお前たちの結婚の承認をもらう予定だから、その心づもりをしておけ」

その言葉にエミーリアはハッと顔をあげた。婚約までなら家同士の取り決めでどうにでもなるが、国王の承認を取れば、実質結婚したのと変わらない状況になる。

（どうやっても、自分の意志に従わせるつもりなのね……）

この時代の女性が父親に押し付けられた結婚に対して、どうふるまうのかはわからない。けれど自分はこんな風に勝手に生き方を決められるのは絶対に嫌だ。唇を噛《か》み締《し》めて、息を腹に吸い込む。ひそかにこぶしをきつく握りしめた。

確かに社畜だったけど、それだって自分の選んだ会社だったから必死に頑張ったのだ。一方的に命令されて、『はいはいそうですか』と言うことを聞くつもりなんてない。

「国王陛下の前に立つのにふさわしい衣装を整えるのだ。あとくれぐれもアーレントとは仲良くふるまうことだな。お前の価値などその程度しかないのだから……」

人を人とも思わない言い草を聞いて、これが父親かと、腹の底から悔しくて悲しい気持ちがこみあげてくる。きっとこの気持ちはエミーリアのものだろう。

（こんな風に育てられたら、性格だって歪《ゆが》んじゃうよね。悪役令嬢になるのもわかるよ）

ド畜生親父《おやじ》のところにいたら、自分らしい生き方なんてできない。

(あんな奴と結婚しないといけないくらいなら、家を出る方がいい。こんな家族なんていらない)

もともと現代日本で『平民』として生活していたから、苦労も気にならないし、働くことだって好きだ。とりあえず当座の生活費だけ確保できれば、自分一人生きていくのはなんとかできる。

「……話はそれだけですか？　でしたら失礼します！」

何か話を続けようとしていた父親の会話をぶった切り、エミーリアは席を立つ。呆気《あっけ》にとられている父と義母を見て、少しだけ溜飲《りゅういん》が下がる。

そして部屋に帰り、一人になりたいと侍女に言い捨てると、部屋で自分の持っている宝飾品をありったけ引っ張り出した。

「それを持ちだして、この屋敷を出るの？」

するとシュルリと首の髪の毛の間から顔を出すのは、この前の黒猫だ。突然話しかけられて、びくっと震えてしまった。

「ちょっ……心臓に悪いからもうちょっと無難な登場の仕方、してくれない？」

「一応、重要な分岐点っぽいから顔を出そうかと思って」

人の言葉を無視して、飄々《ひょうひょう》と話す猫の様子に、思わず毒気を抜かれる。

「そうね、選択肢があるのなら、私はこの屋敷を出ていくわ」

「そっか、まあ貴族のお嬢様が街中で暮らすのはなかなか大変そうだけど……でもエミーリアにはゲームの知識があるのか……そこらへん有効活用しないとだね」

その言葉に、ハッとする。

（アーレントって結構なクズだったイメージだったんだけど……）

たしかそれを裏付けるようなエピソードがあった気がする、とゲーム内の記憶を思い出す。

（あ。そうだ。アーレントが過去娼婦《しょうふ》宿でトラブルを起こした事実を、攻略ヒーローの一人で騎士団長のジェラルドに暴露されたんだ……）

「そっか、ジェラルド叔父様がそのあたりのことを調べたんだ……」

ジェラルドは王都を守る黒狼騎士団長で、実はエミーリアの亡くなった実母の年の離れた末弟にあたる。つまりエミーリアにとっては、年の近い叔父なのだ。

彼は現在、母の実家フランツ伯爵家で当主を務めている。だから他のヒーロー達と違って、悪役であったエミーリアが火事を起こした事件の時にも、彼女に同情的だった。

（とにかく。あの醜聞の中身って、アーレントが社交界から排除されるほどだったから、よっぽどだったんだよね。じゃあ事実を調べて突き出せば、婚約自体をなくすことが出来るのでは？）

さすがにいくらお金があっても、社交界ドン引きのスキャンダルを抱えているような義理の息子は父も欲しくないだろう。であればアーレントがエミーリアの夫として相応しくないと、ハイトラー侯爵、つまりエミーリアの父に認めさせれば良い。しょせん義母は父には逆らえないのだ。

（それでダメだったら、その時こそこの屋敷から飛び出して、平民として暮らそう……そうと決めたら！）

『──即断・即決・即行動だよ、妹尾さん』

顔は単なるオッサンだが声だけはイケボの、前職の営業部長の声が頭に響く。それだけでピッと背筋が伸びてしまう。習い性というのは恐ろしいものだ。

（『できない言い訳を探すなら、できる方法を探せ』って言うのも、よく言われたな〜）

都合良く使われた過去の記憶を思い出し、ややげんなりしつつもアーレントの醜聞を手に入れる方法を考える。それにはやっぱりジェラルドを使うのが一番だろう。

代々、王都で騎士をしているフランツ伯爵家は邸宅が王都にある。エミーリアにとって伯爵家は母の実家で、後妻に嫌われたエミーリアの母のお墓も、伯爵家にあるのだ。

（ってことで、久しぶりにお母様のお墓参りを兼ねて、ジェラルド叔父様のところを訪ねてみよう）

そうエミーリアは決断すると侍女を呼びお茶を淹《い》れてもらった。

「あら、この猫、どこから来たのかしら」

すると黒猫はしれっとして、本物の猫っぽく侍女の足元にじゃれつく。どうやら普通の猫のふりをすることにしたらしい。

「さっき窓から入ってきたの。可愛いから飼おうかしら」

慌ててエミーリアがそう言うと、黒猫は満足げに笑った気がする。

「そうなんですね。名前はどうされますか？」

猫好きの侍女だったらしい。笑顔でしゃがみこみ、猫を抱き上げて尋ねてくる。エミーリアはその猫の顔を見て、一瞬考えて答える。

「……じゃ、ヤマトで」

黒猫といえば、それしか思いつかない。思わず一人でにやりと笑ってしまった。侍女は聞きなれない響きなのか、ヤマト、ヤマトと名前を二回繰り返した。

「ところで後でジェラルド叔父様に手紙を書きたいから、準備をしてもらってもいいかしら」

「かしこまりました。ではお茶が終わる頃に用意しておきますね」

侍女はヤマトの額の間を指先で撫でると、エミーリアの前から席を外したのだった

第二章　悪役令嬢、下町に潜入する

「お久しぶりです。ジェラルド叔父様」

　非番の日に合わせて出掛けたので、フランツ伯ジェラルドは家にいた。金髪を短く切って整えたキリッとした風貌と立ち振る舞いは、流石騎士団長といった様子だ。

　もちろんゲームヒーローの一人に相応しく、涼やかな緑色の切れ長の目に整った容姿。騎士らしく筋肉質の引き締まった体格。アンジェリカを狙う魔の手から剣一つでその身を守り切る、頼《たよ》り甲斐《がい》がある上に誠実な人柄が人気のキャラクターだ。ちなみにエミーリアは、彼とはあまり顔立ちは似ていないが、金髪と緑の目は血縁を伝えるようにおそろいだ。

「エミーリア、久しぶりだな。俺のいない間にも、たまに姉上の墓参りに来てくれているのだろう？　あの家で姉上のことを想《おも》い続けてくれているのはお前だけだな」

　エミーリアは花束を持ったまま、小さく微笑《ほほえ》む。

「せっかくですから、叔父様も一緒にお墓参りをしませんか」

　そう誘うと、彼も一緒に屋敷の外れにある家族のための墓所に向かう。叔父といっても、まだ二十代後半。どちらかといえばエミーリアの兄と言っても違和感のない年周りだ。

「お仕事はお忙しいですか？　町の治安は最近落ち着いていますか？」

母のお墓を参りながら尋ねると、生真面目な口調で叔父は一瞬思案するような顔をして、頷いた。

「ああ、忙しいな。町の治安も正直に言うと悪化している。下町にいつも気遣いを見せていらしたフェリクス殿下が、国外に出られて久しい。そのせいで下町の方では若い女性が巻き込まれるような、たちの悪い犯罪も起きている」

「フェリクス殿下？　ですか」

庶子であることを理由に、今まであまり外に出てくることがなかった第一王子だ。エミーリアも会ったことはない。ゲーム開始時にはすでに国外に出ていたはずだ。

エミーリアが住むヴァールブルグ王国は、国王陛下も五十歳手前でまだ若く、今年で十二歳になる第二王子が大変に優秀だと評判だ。だからこそフェリクスは自ら希望して隣国カルネウス帝国の皇太女へ婿に出たと聞いている。

「ああ、あの方は国民の幸福を一番に考えられる素晴らしい人だ。能力の高い方なのに自分を過小評価されるところが、最大の欠点だな」

実直な叔父にここまで言われるというのは、それだけフェリクスが能力的にも人間的に優れているということだろうか。そう言えば叔父は第一王子派の筆頭というか、個人的にも親しい友人だったはずだ。

（フェリクス殿下か。ゲームの中でもほとんど出てこなかったキャラだから、よくわからないんだよね）

正直、今自分の身の安全を最優先に考えているエミーリアにとってはどうでも良い存在ではある。

「あの……たちの悪い事件って、どの辺りで……」

話を戻すと、叔父はそれでもエミーリアの疑問に誠実に答えてくれた。

「下町の……歓楽街の方で起きているようだな。娼婦が行方不明になったり、死体で発見されたり……とか。もともとトラブルの多い地域ではあるが、最近は頻発しすぎだ」

そう言われて咄嗟に顔を顰めてしまった。

「貴族の男が出入りしているという噂もある。ということは、金に物を言わせて表に出てない事例はもっとあるかも知れない。……もちろんエミーリアはそんなところには行かないだろうが、街に出るときは十分に注意するように」

町の治安を守ることに情熱を傾けるジェラルドの言葉に、エミーリアは頷きながらも、頭の中では別のことを考えていた。

(話の流れから言って、その貴族ってアーレントの可能性が高いよね。アイツのせいで女性が行方不明になっていたら……。やっぱりあの男が何やっているか暴かないと)

少なくともアーレントは作中終盤までずっと、アンジェリカにストーカーのように付きまといながらも、上手くいかない腹いせに娼婦街でいろいろ事件を起こしまくっていたはずだ。

(そんな迷惑男のせいで、アンジェリカはエミーリアに恨まれて、可哀想って思いながらゲームしてたけど……)

まあ最終的にはアーレントもヒーロー達が排除してくれるのだが、アンジェリカもまったくの無傷というわけにはいかず、かなり怖い思いをした。何より今現在、町の女性たちが危険な目に遭っていると思うと、矢も盾もたまらない気持ちになる。

ゲームの終盤には、ジェラルドによって娼婦街で行っていた犯罪を暴露されて逮捕され、アーレントは国外追放という凋落《ちょうらく》っぷりを見せるのだが……。

(とりあえず、エミーリアとしては、アーレントはさっさと排除して婚約破棄したいよね)

証拠《しょうこ》さえ見つければ、後は正義感あふれるジェラルドに話を持って行けば良い。ついでに伯爵家の当主で、親戚でもあるジェラルドから『侯爵家が巻き込まれる前に、エミーリアとの婚約を何とかしたほうがいい』と言われれば、父も受け入れざるを得ない。

(よし、やっぱり実際に行って情報を集めよう。忙しいジェラルドに個人的な用件で手を煩わせる訳にはいかないし)

本来、貴族令嬢であるエミーリアならば、騎士団長である叔父にアーレントに関する疑いを告げて、『婚約破棄したい』と協力を願い出れば、きっとなんとかしてくれただろう。だがエミーリアの中の人である元社畜の永美は、自分の仕事を他の人に頼んで結果を悠長に待つ、なんてことは出来ない。それに一か月後には国王の前で承認を受けてしまうのだ。人まかせにする気持ちの余裕もない。

そしてエミーリアは、夕方からの勤務に叔父が出掛けたのを見送るついでに、実家には叔父の家に泊まると連絡した。そして乗ってきた馬車を実家に返し、伯爵邸の人間には自宅に帰ると告げて、空白の時間を手に入れると、一人、下町に向かったのだった。

◇◇◇

貴族令嬢がいくら格好を質素にしたとはいえ、下町、しかも娼婦がいるようなエリアを歩けば目立つことは間違いないだろう。ということで先に平民の富豪が多い地域で、下町でも通用するような衣装に着替えた。

「これは……どうしようかな」

いつもつけている母の形見の指輪だ。だが立派なエメラルドがついているから、つけていれば相当に目を引くだろう。エミーリアはサッシュに入れて落とさないようにしまった。

(本当なら、誰か男性に付き添ってもらった方が安心なんだけど……)

だが頼りに出来るような人もいないし、そもそも仮にも伯爵令息の秘密を暴こうという趣旨だ。へタな人間には相談なんてできない。

ついでに富豪用の店で、大きなお金は小銭に替えてもらった。これを有効活用して、色々情報を集めよう。町で情報を仕入れ、まずは下町の入り口で娼婦達を紹介するという案内所のような酒場に向かう。

カランとドアベルを鳴らして中に入ると、掃除が行き届いてはいても、お世辞にも綺麗とはいえない下町の酒場だ。店内には娼婦らしい扇情的な衣装を身に着けた女性数人と、それに群がるゴロツキといった手合い。それから旅の商人らしい比較的穏やかそうな一団がいて、女性一人でやってきたエミーリアへ一斉に視線が集まる。衣装を下町の物に合わせたと言っても、貴族の気品が見え隠れするらしく、品定めするような視線を向ける人間と、面倒ごとに巻き込まれたくないと目を反らす人がいる。

（おかしいなあ、永美だったら溶け込める自信があったのに）

この体にいるとさりげない所作が侯爵令嬢らしく、やっぱり洗練されていて綺麗すぎるのだ。

（一人で潜入なんて、ちょっと無理があったかも。私ってば平和ぼけしてるんだろうな。……あんまり深入りせず適当なところでさっさと引き上げよう）

密《ひそ》かに決断すると、どういう目的で来たのか探るように、店主らしき男が近づいてくる。

「お嬢さん、このあたりじゃ見かけない顔だねえ。女を買いに来るとはとても思えないんだが、男でも買いに来たのかい？」

年齢は四十歳手前ぐらいの一見柔和な表情を浮かべた優男風の男だ。口はそれなりに悪いがチンピラなどではなく、どちらかというとそれを取り仕切る方の人間だろう。仕事柄、人を見るのには長《た》けている自信がある。

（新参者が来たから、どういう目的なのか確認しようとしてるのね。下手なことすると、裏につれて行かれて面倒な事になりそう）

こちらを見つめる目つきも厳しい。ヒヤッとするような気持ちになりながら、世間知らずの顔で、考えてあった作り話を男に向かって話し始める。

「あの……実はこちらに私のお仕えしているお嬢様の婚約者が出入りしていると聞きまして……。そこでお嬢様に内緒で彼の素行なども含めて、調べようと思ったんです」

そう言いながら、わかりやすく交渉しに来たことをアピールするように、先ほど手に入れた一番小さな銅貨を机の上に置く。

「アンタ、銀貨は持ってないのか?」

「銀貨はあまりたくさんもってないんです。ですから有力な情報をくださった方に、と」

それでは足りないとばかりに男に言われ、エミーリアが気弱げに笑顔を浮かべつつ答えると、男は小さく笑った。永美はともかくエミーリアは生粋のお嬢様だから、そこが見えれば相手は油断するだろう。その方が話は進みやすい。

「なるほど、それで……貴女が仕えているというお嬢様の相手は、貴族の若い男か?」

男は素早く銅貨をポケットに入れると、促すように尋ねた。

エミーリアが頷くと、男はニヤリとあまりたちの良くない笑みを浮かべて、じっとエミーリアの顔を覗《のぞ》き込んだ。

「まさかとは思うが探しているのは、金色の髪と、琥珀色の目をした若い男だったりしないか?」

まさにビンゴだ!　そう思って顔を上げると、男は予想が当たったことににんまりと笑い、金はまだかとトントンと机を叩く。エミーリアはそれに対抗すべく、銀貨を二枚袋から取り出して、指先でカチリと重ね合わせた。

「その男が指名していた女性を紹介してもらいたいんですが……直接お話を聞きたくて。そうしてくださるなら、できる限り彼に恨みがありそうな女性だと嬉《うれ》しいのですけど」

エミーリアのセリフが意外で面白かったらしい。ふっと唇の端を上げると、男は改めてエミーリアの前の席に座った。

「なるほど。まあ、俺もあの男は勘に障って仕方ねえ。報酬によっては最大限の配慮をしてやる」

どうやら当たりを引いたらしい。この男はアーレントを知っている上に、いい感情を持っていないようだ。

「意見が一致してよかった」

彼の目を見てにっこりと笑うと、エミーリアは男の耳元に顔を寄せる。

「……情報が手に入れられて、私が無事に屋敷に戻れたら、貴方に後日、金貨を一枚送らせていただきますわ。……お礼として」

カチリと、もう一度銀貨をこすり合わせてそう囁くと、男はニヤリと笑った。

「成功報酬ってことだな?」

「ええ、私、今日は銀貨を三枚しか持って来てないので」

答えると、彼は一瞬唸《うな》る。

「余計な金を持ってきてないってことだな。なかなか食えねぇお嬢さんだ。……わかった。今から男に指名されていた女を部屋に連れてくる。鍵をやるから、訪ねてきた女だけ部屋の中に入れろ。他の男が紛れ込むと厄介なことになるからな。……帰りは下で俺に声を掛けろ。知り合いの信頼置ける馬車を呼んでやる。俺は金を産むめんどりは大事にするタイプなんでな」

（なるほど、馬車で送れば、私がどこの家の人間かわかるもんね）

相手もそれなりの保険を掛けているらしい。確かに金貨一枚の仕事となれば、下町の平民一人が一年間楽に過ごせるだけの価値がある。それだけの配慮をする価値はあるだろう。まあエミーリアは正体がバレてもさほど困らない。よくよく調べる人間なら、エミーリアがあのクズ男と婚約していることと、そのエミーリアの叔父がこの辺りの治安を管理している黒狼騎士団長だということも理解するだろう。余計な手出しは自分の首を絞めるだけだ。

（思ったより、上手く行ったかも……）

ほっとしつつも男から鍵を預かり、手のひらに銀貨を一枚置く。

「話を終わって、馬車の手配までしてもらえたら、もう一枚銀貨を渡しますね。これは女性を呼ぶお金と、部屋を使わせてもらうお金です」

「ああ、わかった。俺はテッドだ。用事を済ませて降りてきたら、テッドに用事があると言え。テッドの客なら、この店にいる限り厄介ごとには巻き込まれないはずだ」

そう声を掛けると、男は笑顔を浮かべた。

エミーリアはギシギシと軋《きし》む階段を上り、三階に上がる。二階には普通に客を取っている女たちがいるらしく、嬌声《きょうせい》が漏れ聞こえてドキドキしてしまった。

三階に上がると、そこは一室しか用意されてない特別なフロアらしい。入り口で鍵を使って中に入ると、ふわりと甘い官能的な花の匂いがした。部屋のどこかでお香を焚《た》いているらしい。

（こういう宿だし、こう……エッチな気分になるように工夫されていたりするのかも？）

じわっと熱が上がってくるような変な気分になる。慌てて危険がないか、部屋の様子を確認する。

ここはいわゆる特別待遇の客が入る部屋なのか、きちんと風呂までついていた。ベッドも大きく、それだけでなくお茶を飲んだりお酒も飲んだりできるように、ソファーと机、棚には酒瓶とグラスまで置かれている。内装も手を入れているのだろう。この辺りとしては驚くほど綺麗で豪華だ。

ただ娼婦宿なのは間違いないようで、窓には格子がついており、部屋の中から逃げ出せないようになっていた。内鍵をかけると、エミーリアは緊張を解くように肺の奥から深く息を吐き出す。

（どんな話を聞かされるんだろう……）

ソファーに座って思案していると、トントンとドアを叩く音がする。

「どっかのお嬢様に呼ばれたって聞いたんだけど……ここでいいのよね？」

ドアの向こうから聞こえるのは蓮《はす》っ葉《ぱ》な印象の女の声だ。十分な警戒をしつつ、ゆっくりと鍵を外すと、二十歳を少し過ぎた年頃の、目鼻立ちが整った女がそこにいた。胸元が大きく開いたドレスからは、真っ白な豊かな胸の盛り上がりが見えて、同性なのに目のやり場に困る。

「あらぁ、可愛い子。レンの話を聞きたいっていうのはアンタなのね」

艶っぽい唇で弧を描くようにすると、面白そうに笑い声をあげているのを見て、一応他に人間がいないか彼女の周辺を確認する。女一人なのがわかってから部屋に入ってもらった。レンというのは、アーレントが名乗っている偽名だろうか。

「来てくれてありがとう。……お酒でも飲む?」

「もちろん。テッドの宿の一番いい部屋って、酒もいいものが置いてあるから好き」

そう言いながら、慣れているのか自分でグラスを取って酒を注いだ。

「アンタも飲む?」

良い酒が置いてあると言われて、つい前世の酒飲みの血が騒ぐ。

「では、少しだけ」

グラスに半分注がれた赤い色をしたお酒は、ワインのような甘い香りがする。

「じゃあ、かんぱーい。結構お金を弾んでくれたんでしょう?　男の相手をしないで酒飲んで話して、銅貨五枚もらえるなんて、今日はツイているわ」

ニコニコと笑顔を浮かべているが、ここの貨幣は銅貨二十枚で銀貨一枚だったはずだ。つまり客の紹介と部屋の提供だけで、体を張る女性より、あの男の取り分の方が何倍も多いことを知って、なんだかいたたまれない気持ちになった。

「いい話を聞かせてもらえたら、銅貨五枚追加するわ。だからいろいろと教えてくれる?」

「マジで？　なんでも教えるわ。アイツのやったえげつないこと、言ったらいいんだよね」

簡単な説明は聞いていたらしい。彼女はそう言うとご機嫌で一気に酒をあおって、頬杖《ほおづえ》をついたままエミーリアの顔を見る。真っ赤な唇の端を上にあげて見せた。


「ほんと、レンって男、最低！」

「マジで今すぐ牢屋《ろうや》にブチこんで欲しいわ～。でも金と権力だけはあるからね。私みたいな虫けらにはどうしようもないのよ」

あっという間に酒瓶が一本空いて、次のコルクを抜く。美味《おい》しいけれどアルコール度数の高いお酒に、お互い警戒感はまるでなくなっていた。エミーリアは昔からの友達のように、アーレントの悪口で盛り上がりながら、マデリンと言う名の娼婦と楽しいお酒を飲んでいた。

マデリンの話を聞いていると、アーレントこと、レンの悪評は予想した以上にひどかった。

「あのクソ男、気に食わない女を叩いて怪我《けが》をさせることはしょっちゅうでさ」

治療費と称してお付きの男たちがお金は払うが、される暴力がひどすぎて顔に傷跡が残った人、首を絞められて障害が残った人もいるのだと言う。

「女を何人も侍《はべ》らせたり、変な性癖を持っていたりする客もいるけれど、それでもこの辺りで女を抱きたければ、店の娼婦にはそこまでの無茶《むちゃ》はできないの。でも宿に所属してない娼婦たちの中には買われた後、行方不明になった子が何人もいるって話……」

多分女を抱くより、女に乱暴するのが好きなんだと思う。うっかりすると殺しちゃうんじゃないかな。と言ってマデリンは陰鬱な顔をした。

「アタシ、一か月後にはこの仕事から足を洗うのよ。西部の豪商のボンボンだけど、アタシの親と弟達の面倒を見てくれて、アタシと夫婦になってくれるって奇特な男が出来たから。だからレンのこと告げ口だけして、とっととここからいなくなろうと思って」

友達がレンに指名された後、ランプで殴られて、やけどを負わされたのだと言う。エミーリアは予想したよりもっとひどい話に何と言っていいのかわからなくなったが、娼婦を辞めて結婚するというマデリンの話を聞いて、少しだけホッとした。

「じゃあ、これが約束の銅貨ね。それから今日の話、後日騎士団とかに話してくれるなら……結婚のお祝いも贈るわ」

そう言うと、彼女はコクコクと大きく首を縦に振り、手を差し出す。この町を立ち去る前に騎士団に報告してくれることを条件に連絡先を聞き、結婚祝いとして銅貨をもう十枚追加すると、今日の収入は銀貨一枚分だと喜んでいた。

お土産にどうぞと、まだたっぷり残っている飲みかけの酒の瓶をそのまま渡し、彼女を入り口まで送る。二人とも酒がかなり入っており千鳥足だ。

「ありがとう。アンタいい人だわ。アンタが世話しているお嬢様が、レンみたいなクズと結婚しないで済むよう、アタシも祈っておく！」

そう陽気に声を上げて、マデリンが廊下に出る扉を開いた瞬間。

「え……アンタ、どこから来たの？」

マデリンと入れ替わるようにその場に現れたのは深くフードをかぶった男。

「……出ていってくれ」

男はマデリンの手をつかんで無理やり外に出す。部屋に入ってホッとしたように背中をドアにもたれかけさせ、男は後ろ手に鍵をかけた。

（まさか、アーレント？）

一瞬何が起こっているかわからなくて、エミーリアは声も上げられず冷や汗を流す。だが……。

男は数歩歩いたとたんに、膝から崩れ落ちるようにその場にかがみこんでしまった。床に手をついてハァハァと荒い息を吐いている様子に、体調が悪いのだと気づいたエミーリアはとっさに男の元に駆け寄った。

「クソッ……薬を盛られるなんて……」

肩で息をしているような苦し気な呼吸だ。顔を見て様子を確認しようと、かぶっていたフードをはねのけると、そこにいたのはアーレントとは違う銀髪で、思わずホッと息を吐く。

「貴方、大丈夫？」

そっと背中をさするようにして顔を覗き込むと、男はハッと顔を上げた。

「まだ女がいたのか。俺に……近寄らないでくれ！」

とっさにそう言って手をはねのけられたが、その手がまたすごい熱を持っている。こちらを見つめているのは、二十代半ばに見える端正な美貌を持つ男だ。本人は隠しているつもりだろうが、仕草一つ一つが洗練されていて、こんな所にいるような人間ではないと断言できる。育ちの良さが服を着て歩いているような人はなかなかいない。

そして熱を帯びた様子でこちらを見ているのは、希少なアメジスト色の瞳。その目の色を見た瞬間、何故《なぜ》か胸が痛いような切ないような気持ちになった。

（綺麗な顔……それにこの目の色……まるで）

その顔をじっと見ていると、男は何かを耐えるように絶えず荒い息を吐き、紫の瞳を潤ませている。体調が悪いのかもしれないが、目元は赤く艶っぽい。

「誰もいないと思ってここに来たのに……。この部屋にいたってことは……お前は娼婦か？」

そう尋ねられて、驚きに目を丸くし、とっさになんて言葉を返すべきか迷ってしまった。言葉が出ないエミーリアの顎《あご》を持ち上げ、彼はじっと見つめる。

「なるほど美人だ……。それにその瞳の色も、髪色もあの子と一緒だな……」

「……何が一緒なんですか？」

「……いや、すまない。そうか……娼婦なら、あとで十分に金を払うから、今夜だけ俺に付き合ってくれないか？」

付き合うと言う意味が分からなくて目を見開いていると、ふっと彼は笑う。先ほどまでふらふらしていたはずなのに、エミーリアの答えを聞かずにさっと立ち上がると、彼女をひょいと抱きかかえてしまった。

「え、ああのっ……」

反論する暇もなく、男はエミーリアをベッドに運ぶ。

「ちょ、ちょっと待って、私、しょ」

娼婦じゃない、と反論しようとした瞬間、男が伸《の》し掛かってきてそのまま唇を奪われた。

「んんんんんっ」

ぐっと肩の辺りに手を置いて、重い体を押しのけようとするが、男は角度を変えて何度も唇を触れ合わせる。やっていることは強引なのに、押しつけがましくなく、凄《すご》く上手なキスだった。お酒に酔ったエミーリアの理性が、とろんと溶けてくるのに合わせて、舌を差し入れて甘い蜜のような唾液を流し込んでくる。

改めて鼻腔《びこう》が拾うのは、室内に漂う甘い……甘い香り。

(あぁ、これダメだ。頭がぼうっとしてくる……)

エミーリアには男性経験はない。けれど永美は恋人もいたし年相応の経験もある。ただ社畜生活が長くなって彼氏には振られたし、その後は男性との絡みは全然なかったせいで、久しぶりの甘いキスについときめいてしまう。

(こういうのって体が覚えているんじゃなくて、脳が覚えているんだ……)

清らかな体のはずなのに、男性からされる淫らなキスに体が潤っていくような気がする。官能的な口づけに体と心が引っ張られていく。彼の舌先がエミーリアの口の中の感じやすい部分を刺激する。そのたびにゾクゾクと淫靡《いんび》な感覚が上がってきて、漏れる息が震えた。何度も角度を変えながら口づけられて、体中にぞわぞわと快感が広がっていき、触れてほしいような物足りなさを覚えた瞬間、大きな手がやわりと胸を包み込む。待ちわびていた官能にゾクリと悦《よろこ》びが溢《あふ》れ背筋を走った。

「ああ。いいな。その反応も表情も、凄く魅力的だ」

唇を離した瞬間、濃厚なキスの余韻を伝えるように銀糸が二人の間を繋ぐ。耳元で囁く甘い声は、深くて心地よい響きだ。

（この人の方こそ、綺麗でセクシーで、なんだか抗《あらが》えない……）

いきなり官能の海に沈められてしまったみたいだ。そんなエミーリアを見つめる男は眉根を寄せて苦しそうな表情のままだが、満足げに唇の端がかすかに上がる様子がたまらなく艶っぽい。彼は二人の間をつないだ銀糸を拭き取るように、エミーリアの唇を撫でた。蕩《とろ》けた唇に感じる彼の指先の感触にまたお腹《なか》の中の疼《うず》きが強まった。

「あぁっ……」

溜《た》まらずエミーリアの唇から漏れた吐息は、成熟した女性のように艶めいている。

男は切なげな笑みを浮かべ、次の瞬間、何かの発作に耐えるように苦し気な顔をした。自分は娼婦じゃないと言わないといけないと思いながらも、とっさに口をついたのは、彼を案じる言葉だ。

「あの……辛そうですけど、大丈夫ですか？」

「ああ。油断した。……媚薬《びやく》を盛られたんだ……とてつもなく強いやつを。とにかくこいつをどうにかしないと……」

男は状況を伝えるように、エミーリアの下半身に自らのそれを押し付ける。それは服の上からでもわかるほど、硬く張りつめ熱を持っている。エミーリアの下腹部に触れた感触が良かったのか、彼は柔らかく腰を揺らし、熱っぽい息を吐く。

奮い立つモノの形が把握できるほどの濃厚な接触に、思わずゴクリと唾をのんでしまった。

（媚薬って……ここまで効くの？）

文字通りそれは昂《たかぶ》っている。一瞬こんなに勃っていたら男性は辛いだろうと同情してしまった。欲情に駆られた熱っぽい目で見つめられて、まるで彼の熱が自分にも伝染してくるみたいだ。

「偶然会ったのが貴女でよかった」

どういう意味で言っているのだろうと思いつつ、彼の濡《ぬ》れたような視線にお腹の奥がきゅぅっと疼く。ドキドキと心臓が早鐘を打つ。

（私、どうしちゃったんだろう……）

「貴女が、欲しい……」

ぎゅっと抱きしめられて耳元で囁かれた、切なげで狂おしい響き。その声はズンと下腹部にまで響く深くて甘い声だ。永美はもともと声フェチなので、好みの声にめちゃくちゃ弱い。

（この人、人気声優さんばりに声がいい……）

彼を払いのけないといけないと想うのに、酒と彼の美声に酔った脳は彼女にそう行動させなかった。しかも太ももにマグマのように熱くて硬いモノを押しつけられると、お腹の奥はそれが欲しいとキュンキュンと収縮するのだ。

（あぁ、まずいな。私、欲情しちゃっている……）

唐突にその事実に気がつく。初めて会ったばかりの男にベッドに押し付けられ、ガチガチに勃ち上がった男性器を押し当てられ、キスをされて感じている自分のすべてが理解できない。

（彼じゃなくて、私の方が媚薬を盛られたみたい……）

お酒のせいかもしれないし、この男性が魅力的過ぎるからかもしれないけれど。

「……脱がせてもいいか？」

今にも自分を食い尽くしそうな獣欲の籠もる目で見つめられ問われた。エミーリアは思わず大きく息を吸う。室内に漂う甘い花の香りを胸いっぱい吸い込んで、ますます気持ちと体が高揚する。もう彼の言葉にも抵抗できなかった。

彼に手を引かれ、ベッドに座る。平民の服を着ていたから簡単に脱がされてしまって、スリップのような薄物の下着一枚になったところで、彼が上着を脱ぐ。

「……綺麗」

彼の体は、がっしりと鍛えたような無骨な体ではなかった。けれど腕にもお腹にも余計な肉はなく、代わりに綺麗に筋肉がついている。

(細マッチョ、って感じかな……)

理性を取り戻さないと、と思っているのに、視線は目の前の男性に釘付《くぎづ》けだ。それに下着を押しあげるほどそそり立つモノを見ると、なんだか呼吸が乱れて、ドキドキで胸が苦しい。

「貴女に褒めてもらえると嬉しいな。……やっぱり貴女は……いや、なんでもない」

欲望に駆られて焦燥していた様子が一瞬崩れ、彼はどこか懐かしそうな表情で笑って、再びエミーリアをベッドに押し倒す。

(何を言いかけたんだろう?)、
などと思いつつも、彼の熱い体に抱き寄せられると、自分まで体温が上がっていくような気がする。胸に顔をうずめると、彼からいい匂いがしてうっとりとした。

「あぁ本当に……貴女を抱いていると、気持ちいい……」

そのタイミングで自分が思っていたセリフを彼に言われて、エミーリアは小さく笑ってしまった。

「しかも貴女の笑顔は本当に可愛い……」

そう言いながら、軽く頬にキスをする。やっぱりストレートに褒めてもらえると嬉しい。そう言えばこんな風に男性に褒められたのはいつ以来だろうか。

「ぁあんっ」

他のことを考えていると気づかれたらしい。胸の先に吸い付かれて思わず嬌声が上がる。

「それに綺麗な乳房だ。男なんて初めてって色をしている」

その言葉に自分の胸元に視線を向ける。淡く色づいた先端は彼のキスを受け、朝露に濡れるバラのつぼみのように美しく見えた。綺麗だと自分でも思ってしまった。

エミーリアの体はウエストが細く、胸も腰も豊かだ。肌は真っ白でミルクみたいだし、艶《つや》やかでシミ一つない。

こんなきれいな体をしていたら、コンプレックスもなく男性に触れられるかもしれない。そんな綺麗なバラのつぼみにキスをしているのは、これまた紫色の瞳の端正な容姿を持つ男だ。うっとりする要素しかない。お酒の酔いと、甘い花の香り。美しく官能的な光景と与えられる快楽に現実感はますます失《う》せていった。

「あぁ、貴女は感じやすいんだな……」

履いていた下着の中に彼の手が入ってくる。ハァという興奮を押し殺したような息遣いは、先ほどより熱を帯びる。それが彼の理性と欲情の狭間《はざま》を見せつけているようで、ときめきが半端ない。

彼が指を差し入れて、もう潤み始めている入り口を指先で開く。とろりと溶け出す蜜は、すでに自分がこれほどまでに感じているのだとエミーリアに知らせてくる。

「どこもかしこも愛らしいな。すぐにでも俺を受け入れてくれそうだ」

そう囁きながら、エミーリアの腰を抱き上げて履いていた下着をするりと取り去った。

「あぁ、そんな——ダメっ」

一応制する言葉を掛けるが、彼はためらうことなく、エミーリアの下肢を大きく開き、蜜であふれている個所《かしょ》をじっくりと見つめる。

「ダメ？　そうかな。貴女は本当に感じやすくてせっかちだ。もうこんなに濡らして……。清純な顔をして……反応だけは成熟した女性みたいで別人だ」

「あぁ、そこ……おかしく、なる」

指でゆっくりと蜜を掻《か》き回《まわ》されて、もっとゾクゾクがこみあげてくる。感じやすい突起だけ避けてくるあたりが意地悪だ。物足りなくてたまらず腰を揺らしてしまった。ぐちゅり、ぐちゅりと焦らすように蜜まみれの指が淵《ふち》を撫でまわす。

(もう、それを中に突き立ててほしい)

ぐっと貫いてもらえたら、もっと気持ちいいのに。自然と涙が潤んでくる。

「ここも、バラの花びらみたいな綺麗な色だ」

丹念に淵を撫でまわされながら、先ほど自分が思ったようなことを言われて、カッと恥ずかしさがこみあげてくる。

「やっ……」

とっさに手で覆って隠そうとすると、彼は柔らかい表情で尋ねてくる。

「本当に嫌？」

少しだけ切なげな声に、胸がキュンとなった。

（きっとあんな体の状態なら、彼はそれこそすぐにでもしたいんだよね……）

エミーリアのことは娼婦……お金で買える女性だと思い込んでいる。それなのに自分が苦しい思いをしていても、エミーリアの気持ちの高まりを待つくらいには、相手への配慮ができる人なのだ。

（それに無理やりしようとはしなかったし……）

逆に言えばその気にさせてから尋ねてくるのはズルいとは思うけれど……。とっさに首を横に振ってしまう。

「いいえ……嫌じゃない」

（本当に嫌じゃないのが不思議だけど……。目の前のイケメンは自分がめちゃくちゃ苦しくても、私への配慮を忘れない人だし……）

この世界に飛ばされてから、不安定な状況がずっと続いてストレスが溜まっている。だけど自分は昔から不安になると誰かに抱きしめられたくなるし、触れ合うと安心するタイプなのだ。

（人助けだし、私自身もなんていうか、したくなってきているし……いいよね？）

そう自分の中で折り合いをつけたのを、傍らで見ていて彼は理解したのか、もう一度エミーリアの唇にキスをする。

「薬のせいで、張りつめすぎて痛い。正直、貴女が欲しくて限界なんだ。入れてもかまわないか？」

正直、まだ心も体も準備できている状態ではない。それでも苦し気に息を継ぎながら、エミーリアの意志をきちんと確認する彼の誠実さに、覚悟を決めた。

「ええ、構わないわ。来て」

だが容赦なく彼がエミーリアを貫いた瞬間、激しい痛みが彼女を襲い、永美はエミーリアが処女であったことを思い出して、安易に頷いたことを激しく後悔した。


はっきり言って、痛かった。

欲情していたから中はたっぷり濡れていたけれど、処女には圧倒的に準備が足りなかった。とはいえ、そもそも自分も失念していたし、彼も自分のことを娼婦と思っていたのなら、仕方ないことだろう。成熟した女性なら普通に受け入れられる状況だったのだから。

最初は痛みに耐えているだけだったが、ようやく媚薬の熱から解放された彼の様子を見つつ、手加減をしてほしいと頼んだら、それ以上の無理はしないでくれた。痛みがましになってからは、徐々に気持ちよくなってしまったけれど……。

そして立て続けに数度達した後、疲れ果てたように眠りについた彼を見て、エミーリアも少しだけ仮眠をとった。だがその後ぐったりとしている体を気合いでベッドから引っ張りだした。

(この人が起きてきたら、いろいろ説明が面倒なことになりそうだよね……)

しかもエミーリアは貴族の令嬢で処女だったのに、こんな出会いがしらの衝突事故のような形で処女を失わせてしまった。

(この世界って、処女性についてはどうなんだろう。もしかして処女じゃなかったら結婚とかできないとか？）

それだったら話は早いのにと思いつつ、婚約破棄の話をあれだけ無理やりひっくり返した父が、その程度のことで諦めるわけないか、と冷静に考え直す。

（でも処女だったことを忘れちゃっていたくらいだから、永美とエミーリアの意識の違いって、結構危険かもしれない）

うっかり失言して、前世の記憶がとか言ってしまった日には、やっぱり頭のおかしい悪役令嬢エミーリアとして、別のバッドエンドにたどり着いてしまうかもしれない。

（今後は気を付けよう……）

顔を左右に振って気持ちを切り替える。

（それにしても……この人、本当に美形だな～）

上がり始めた朝日の下でみる男の顔は、改めて見ても品がよくて、端正な顔立ちをしていると思う。それになんとなく見覚えがある顔のような気がしてならない。

（まさか彼まで貴族なんて……そんなことないよね。さすがにアーレントでもあるまいし、こんな下町の娼婦宿に出入りしているのは、せいぜい富豪のお坊ちゃん、といったところだろう。

どちらにせよ、厄介ごとに巻き込まれないように、彼の目が覚める前に姿を消すのが一番だ。熟睡している彼の頬をそっと撫でて、苦笑を漏らす。

（とんでもない一夜だったけど、でも、結果としては悪くない一夜だったかな）

現代の自分もしたことのない火遊びみたいなワンナイトだった。けれど、名前すら知らない誰かと朝まで抱き合って、改めて自分がこの世界に生きているのだと実感したというか、なんだかここで生きていくのだと腹が括《くく》れた。

「ありがとう。もうきっと会うことはないだろうけれど」

額にキスをして、エミーリアは汚れる前に服を脱がせてもらえたことに感謝しつつも、もう冷めてしまった風呂で顔と体を洗った。その後服装と髪を整えると、熟睡している彼を振り向くことなく、部屋を出ていく。

一階まで降りると、半分寝ているような客の相手をしているテッドを見つけ、あの紫色の瞳の男が部屋に入ってきた理由を聞こうかと思ったが、思ったより疲れて眠たくて……。

「約束通り馬車を用意してくれる？　馬車が来たらお礼に銀貨を渡すわ」

何も尋ねることなくエミーリアがそう言うと、彼は馬車の手配のために外に出て行った。

しばらくして戻ってきたテッドの案内で辻馬車にのり、朝食前にエミーリアは侯爵邸に帰ったのだった。

第三章　婚約破棄と予想外のスカウト

無事家に帰宅し、体調が悪いと言って、朝から惰眠をむさぼったエミーリアだったが、午後には再び父に呼び出された。

（うわぁ、なんかこう、足の間に何か入っているこの感覚。懐かしいわ……）

永美が初めて男性と経験した時にもなった違和感をなんとか誤魔化しつつ、父のもとに向かうと、不機嫌そうに睨まれた。

「昨日はフランツ伯爵家に行ったそうだな。しかも泊まりがけで帰ってきたとは……」

「……ええ、母の実家ですから。お墓参りをして……何か問題が？」

あの家に住んでいるのは、叔父のジェラルドと家臣だけだ。別に問題はないはずだ。まあ実際は不謹慎だらけの夜を過ごしてしまったので、何となく気が引けて視線が揺らぎそうになるのを、必死で堪える。

「まあいい。それでは一ヶ月後の記念式典に備えて、今からドレスでも作っておくように」

冷たく言われた言葉に、『うるさい。あの状況でアーレントとまだ結婚しろって言うなら、家を飛び出してやる』と言い返したくなった。

（でも、アーレント《あのクソ男》が娼婦をしている女性たちに、これ以上乱暴を働かないようにさせないと……）

少しでも早く情報を叔父に伝える方が先決だ。エミーリアは曖昧な笑顔で父親の執務室を出ると、早速叔父宛てに手紙を書くことにした。

だが待てど暮らせどジェラルドからの返信が来ない。マデリンから聞いた話を説明し、その残虐な犯罪を行っているのがアーレントだということ。来月の建国記念の式典で、エミーリアはそのアーレントと共に、国王の前で婚約者として挨拶しなければならないと伝えたのだが、うんともすんとも返事が返ってこないのだ。

（国王陛下の前で結婚の承認なんて受けてしまったら、もう婚約破棄なんてできなくなるの、叔父様だってわかっているよね……）

このままだと本当にアーレントとの結婚から逃げられなくなりそうだ。焦りながらも、侯爵家全体でエミーリアを監視しているような状況なので、イライラとしながらも何もすることもできずパーティ当日を迎えることになった。

◇◇◇

エミーリアは鏡の前で美しく飾り立てられた自分の姿に、ため息を漏らさないようにするのに必死だ。金色の髪は結い上げられて、真珠の飾りをつけられ、豪奢《ごうしゃ》だが品よくまとまっている。新調したドレスも、清楚《せいそ》さを引き立てるような愛らしいピンク色に共布でバラがあしらわれている。最後にネックレスやイヤリングの装飾品をつけると、深夜勤務の時の高級チョコの差し入れで、エミーリアに懐いた侍女が、笑顔で声を掛けてきた。

「エミーリア様、おめでとうございます。今日のお嬢様はいつもにもまして本当にお綺麗です。ってこら、ヤマト、エミーリアお嬢様のお邪魔をしてはダメですよ」

すっかりエミーリアのペットとして認識されたヤマトは、首に緑のリボンとエメラルドの飾りをつけている。そしてエミーリアが着ているドレスのレースの裾が気になるらしく、つい手を出しそうになって侍女に叱られていた。人の言葉を話せる謎猫でも、本能は抗えないらしい。

ドレスを傷つけないようにと猫が離されると、侍女たちが口々にエミーリアの美しさと魅力を称《たた》える。だが本当なら頑張ってくれた侍女達にお礼を言わないといけないところなのに、エミーリアにはその余裕はなかった。

（せめて……今日のあいさつの前に、叔父様に会えるといいのだけど……）

今日、ジェラルドは騎士団長としてではなく、伯爵家当主として式典に参加しているはずだと思いながら会場に向かう。

（でもまあエスコートがあの男じゃなかったことが不幸中の幸いだったな）

今日は両家と婚約した二人で報告に出向くため、父親のエスコートで王宮に向かう。だが父の方がアーレントより逃げ出す隙がないとも言える。

(最悪の場合、国王陛下の御前で、アーレントの犯罪を告白するっていう手は……)

さすがに無茶か。提出できる証拠もないのにそんなことをすれば、気が違ったのかと思われて、別の悪役令嬢伝説を築くだけの気がするし、御前で暴言を吐けば、不敬罪に問われるかもしれない。

(仕方ない。今日は無難に挨拶して、後日アーレントの罪をジェラルドに確認してもらって、それを理由に、改めて婚約破棄を申し立てるしかない)

国王の承認を得てからの婚約破棄はほとんど離婚と変わらない。外聞も悪いし被害は拡大するが、個人の影響としてはエミーリアが他の貴族に嫁に行けなくなるくらいだ。それでもまだ父がこの婚約から結婚をゴリ押しするつもりなら、結婚前に家を飛び出すしかない。どう考えてもあの男と添い遂げるなら、出奔してどこかの町で、平民として一人生きる方がましだ。

(社畜にならない程度に必死に働けば、一人で暮らしていくくらいは何とかなるでしょう)

なんだったら、侍女なんていない生活の方が気楽だし、とエミーリアは考える。

「お前はまた余計なことを考えていないだろうな?」

父親はそんなエミーリアに気づいて嫌そうな顔をした。

「いえ、何も。叔父様に挨拶しなければ、と思ったのですが……」

考えている事などおくびにも出さず、みっともなくない程度に辺りを見渡すが、会場にいるはずの叔父ジェラルドの様子が見当たらない。

「ああ、フランツ伯はフェリクス殿下に付き従っているのではないか。あの男は、殿下に心酔しているからな……」

父の言葉に思わずエミーリアは首を傾《かし》げた。

「あの、フェリクス殿下は、確かカルネウスに……」

そう言いかけると、父は目顔でそれ以上話すなと伝えてくる。フェリクスは隣国の皇太女の元に、婿に入ったのではなかったのか。それが戻ってきているのであれば……。

(両国間に何かあったのか、それとも結婚できない事情ができたのか……。詳細はわからないけれど、とりあえずその状況では叔父様を捕まえるのは難しいってことだよね……)

ジェラルドから返事が来なかったのも、それどころではなくなったからかもしれない。だとすればこのパーティでは、無難に挨拶をこなさなければならないだろう。もくろみが外れ自然と溜め息が出てくる。息を吐き切ってなんとか気持ちの転換を図った。

(なんかもう、今から屋敷を飛び出す未来が想像できる気がする……)

遠い目になりつつも、エミーリアが悪役令嬢として認知されてバッドエンドになるような、ややこしいことになる展開だけは避けよう。とそれだけを自分に言い聞かせていると、聞きたくもない声が聞こえてきた。

「ハイトラー侯爵、それに……愛《いと》おしいエミーリア」

思わず鼻から何かを噴きそうになった。綺羅綺羅しい笑顔を見せてこちらに近づいてくるのは、ゼファー伯爵令息アーレントだ。だが表ではこんな馬鹿な顔をしているくせに、この男こそが娼婦街で女たちに暴力をふるい、一生残る傷をつけたりしているのだと思うと、身の毛がよだつ。

「おお、アーレント君。それでは娘のエスコートは頼むよ」

そう言って父はアーレントと一緒にいたゼファー伯爵と共に移動してしまう。残されたエミーリアは奥歯を噛み締めて、アーレントの盾にもならない父の背中を恨みがましい目で見つめる。

「ほら、手をとれよ」

父が居なくなった瞬間、えらそうな態度をするのは安定のアーレント様だ。エミーリアが無視してそのまま歩き出すと、半ば無理やり手を取ろうとした。

「……私、この間のこと、忘れてませんから」

つい怒りが上回りそう言って睨みつけてしまった。するとアーレントは嫌みったらしく、おやおやと肩を竦めた。

「エミーリアは僕のことが好きすぎるねえ。あんなのは軽い冗談だろう？　まあ嫉妬で怒り狂うくらい愛されているってのも悪くはないけどさ」

僕って罪な男、といった顔でサラサラの髪を掻き上げる。

（エミーリア、正気で、コレが好きだったの？）

向こうが透けて見えるほどの、ぺらっぺらの中身の薄さ。見た目だけは整っているけれど、自尊心の高さは半端なく、知能は限りなく低い。心の中でエミーリアの趣味の悪さに突っ込みを入れる。

（コイツと結婚とか、ぜえっっっっったい、無理）

今日の夜にでも家を出よう。こんな男と婚約関係なんて一分一秒も耐えられない。いや今から仮病を使って、なんとか国王の前に立たないようにしたい。もう一秒たりともコイツと一緒にいるのは無理だ。

「失礼します」

何も言う気になれず、彼の手を振りほどくと、エミーリアは一人歩き始める。

「そんなに拗《す》ねるなよ。怒りを忘れないしつこい女は、この僕に嫌われるよ？」

（こっちはとっくに、嫌ってんだよ！）

くだらないことを言う男を無視してスタスタと先を急ぐ。

「なあ、どこに行くんだよ」

「——支度部屋です」

そこならば男は入ってこられないだろう。侯爵家は王宮でも一定の格を持っている。専用の支度部屋ぐらい用意されているのだ。

「ちょっと待てよ！」

あとを追いかけるアーレントを無視して、エミーリアは支度部屋に入ると、侍女が心配そうな顔をして近づいてきた。

「どうなさったんですか？」

「あ――――」

一瞬何と説明しようか迷う。

「アーレントと喧嘩《けんか》したの。少し頭を冷やそうと思って……」

面倒くさくなって、適当に返した言葉に侍女は頷いた。

「かしこまりました。お休みになるようでしたら、お茶でも持ってまいりますね」

彼女はエミーリアに水を一杯注いで渡すと、部屋を出ていく。それを見送って、エミーリアは奥のソファーの置かれている部屋に入り、ドレスが崩れない程度にソファーにどっかりと座り込んだ。

「も―――――、ホント、やだっ」

なんであんな男に上から目線で言われないといけないのだ。

「キモいんだよっ」

バーっと全身に鳥肌が立つような気持ちだ。大声を上げてスッキリした。お茶を飲んで気持ちを切り替えようと考えていると、後ろから茶器同士が触れる音がする。

「ありがとう。何か甘いお菓子もあるかしら？」

そう言って振り向いたところにいたのは、さっき部屋の外に置いてきたアーレントだ。

「な、なんでっ、アンタが」

焦ってソファーに腰掛けたまま、顔と体を反らし、全力で男を避ける仕草をした。だが彼は機嫌良さそうににっこりと笑うだけだ。笑顔だけを見ればイケメン貴公子様だが、その中身はクソＤＶ男だとエミーリアはよく理解している。

「エミーリアがあまりにも強情だからさ。侍女にエミーリアへのプレゼントに指輪を持ってきたからって言って、通してもらったんだよ。さ、エミーリア、そんな粗末な指輪を外して、僕からの指輪を受け取ってほしい」

そう言うと、アーレントはエミーリアの手を取り、無理やり母の形見の指輪を奪おうとする。勝手に大事なものに触られて、エミーリアは彼の手を思いっきり叩いて払ってしまった。

「やめて。その汚らわしい手で、私の大切な指輪に触れないで！」

思わず叫ぶと、アーレントは先ほどまでの柔和な表情を消し、眉をギリッと跳ね上げた。

「うるさい。優しくしてやったらすぐにつけあがる！　お前みたいなブスは俺の言うことを大人しく聞いておけばいいんだよ」

とっさに手が伸びてきて、顔を叩かれそうになる。とっさに身を躱《かわ》して、コップに入った水を男の顔にぶちまけた。

「くそ、このアマっ」

「女は暴力で言うこと聞かせる存在じゃないんだよ」

とっさに机の上に置いてあった飾りを投げつけながら逃げ出す。このまま他の人がいない支度部屋にいたら、何をされるか分かったものじゃない。

「お前みたいな女、さっさとヤッてよそに嫁に行けない体にしておけば良かったな！」

必死に逃げるけれど、外に出る扉にたどり着く前に男が手を捉える。全力で手首を掴《つか》まれて姿勢が崩れる。そのまま床にたたきつけられ、痛みで息が止まった。

「面倒くせぇな。お前のために用意してやったんだ。とっとと指輪をつけろ。この場で四の五の言えないように、お偉い侯爵令嬢様の純潔を散らしてやる」

馬乗りになり、強引に手を掴まれて指を折るように広げられ、母の指輪が抜かれる。大切な物を取り上げられることに、憤怒の感情が胃の腑からせりあがってきた。

男の力に抗えないか弱い女の体であることが、悔しくて悲しくて仕方ない。

(たった一つ遺った、お母様の指輪がっ)

刹那カランと音がして、指輪が投げ捨てられる。指を逆さにされる痛みより、母の形見の指輪をこんな風に無理やり外されたことが悲しく、強引に男の指輪をつけられる屈辱の方が耐えがたい。

「いい加減にして!」

抗うと折らんばかりに指に力を籠《こ》められ、痛みが増していく。奥歯を噛《か》みしめ必死に痛みに堪えた。

「これ以上逆らったら折るぞ」

脅されても、望んでもいない指輪を左手の薬指に入れようとされるのが絶対嫌で、思いっきり暴れる。それが気にくわなかったのだろう、本気で折るつもりなのか力をさらに加えられ、痛みで思わず悲鳴を上げた。

「いやぁぁぁぁぁぁっ」

「お前、何をしているんだ！」

刹那、怒声に次いで目に飛び込んできたのは銀色の髪。アーレントを突き飛ばすと、ふわりと抱きしめられた。エミーリアは呆然とした状態で、震える体を男性に預ける。エミーリアをしっかり抱いたまま、その男性は振り向くことなく一言鋭く命じる。

「ジェラルド、その男を捕らえよ」

「は。かしこまりました。……エミーリア、すまなかった。俺がもう少し早く動けばよかった。まさか自分の婚約承認を受ける日に、こんなバカなことをするとは思わなかった」

「お前は黒狼騎士団長、ジェ……ぎゃあああああっ」

争うような声がして、ハッとそちらに視線を向ける。捕らえた男の手首を容赦なく後ろ手にひねり上げ、アーレントに情けない悲鳴を上げさせているのはジェラルドだった。

「愚かなことだ。お前は……すべてを失ったな……」

そう言うと、荒っぽくジェラルドがアーレントを立ち上がらせる。ほっと息を吐いたエミーリアを見て、彼女を抱きしめていた彼がゆっくりと体を離し、床に落ちていた指輪を拾った。

「大事なものなのだろう?」

じっと見つめてくるのは、あの日娼婦宿で一晩を一緒に過ごすことになった男だ。その目は、あの時はひたすら熱を帯びていたが、今は冷静な美しい紫色の瞳だ。

「あ、あの……ありがとう、ございま……す？」

こんなことあり得るだろうか……。正直何が起きたのか、頭が整理できずに呆然としてしまう。

彼が手のひらに載せて差し出してくれた指輪を半ば無意識で受け取り、既に腫れ始めた指にはつけることができずに思案していると、彼は自分のネックレスを引っ張り出す。

「今はこれに通して身につけておいたら良い」

そう言われ、子供の頃を思い出しエミーリアは小さく笑う。母の指輪を通しネックレスをつけて、ようやく安堵の気持ちがこみあげてきて、うるっと涙が目の縁に溜まる。

「ありがとうございます」

「立てるか？」

差し伸べてくれた彼の手にすがり立ち上がり、その顔を間近で見上げて確信する。やはり彼は、あの娼婦宿でエミーリアがいろいろと、そう、いろいろとしてしまった男性だ。

（ど、ど、ど、どうしよう！）

先ほどの恐怖が違う緊張感に変わる。汗が噴き出して、背中に伝う。

「婚約を成立させないために、あの男は公衆の面前で処分しなければならないだろう？　ついて……来られるか？」

だがその事にとりあえず今は触れるつもりはないのだろう。表向きは冷静に尋ねる彼の言葉に、エミーリアはとにもかくにも頷いて、歩き始めた。

ジェラルドがアーレントを連れてホールに入っていく。その後ろをエミーリアは後を追った。

（どうするつもりなんだろう……）

ぼろぼろの姿のアーレントと、それを捕らえている騎士団長の異常な様子に、式典に相応しい明るい笑顔だった貴族たちも、一様に表情を変え絶句している。

「フランツ伯。これはどういうことですか？」

慌ててジェラルドのもとに駆け寄るのはアーレントの父であるゼファー伯爵だ。その横にはエミーリアの父ハイトラー侯爵もいる。

「王宮内でエミーリア嬢に狼藉《ろうぜき》を働いていたため、捕らえた」

簡潔なジェラルドの言葉に、咄嗟にアーレントが顔をあげて、高いところにあるジェラルドの顔を睨みつけた。

「狼藉なんて、婚約者同士の軽い触れ合い程度で、こんな辱めを受けるなんて……」

騎士団長に捕らわれたアーレントは、まるでジェラルドが無粋な恋路を邪魔する男のように声を荒らげた。とはいえ、ジェラルドに拘束されたままなので、迫力はなかったが。

「フランツ伯爵。貴方はいくらエミーリアの叔父とはいえ、少々過保護ではないのですか？　エミーリア、ここに来て誤解を解いてくれ」

状況の収拾に焦って声を上げるのは、娘は自分に逆らえないと思っている愚かな侯爵だ。その言葉にエミーリアは一歩前に踏み出す。皆の注目が一斉に自分に向き、視線の圧に微かに体が震えた。

「皆様、聞いてください。……この男は、勝手に王宮内の女性の支度部屋に侵入した挙げ句、私に乱暴を働こうとしました。抵抗したら指が折られるところだったんです」

ざわざわとしている貴族たちの前で、赤く腫れている指を見せつける。

「その上、騒げば今すぐ王宮内の支度部屋で、女性として大事な純潔まで、奪ってやると脅されたんです！」

エミーリアの言葉にさすがにあたりの貴族たちも顔を歪めた。

「めでたい記念式典の日に、王宮の侯爵用に用意された支度室に忍び込んで……」

「なんて……破廉恥な」

様々な意味合いを含んだ視線はエミーリアにも向けられたが、彼女は昂る感情で怪我をしてない右手の拳を握りしめ、その視線には負けずに凛《りん》と顔を上げた。

「……もしも、叔父様が助けに来てくださらなかったら……今頃私は……」

とっさに恐怖に身が震える。顔面蒼白《そうはく》なまま口元を手で押さえて吐き気に耐えた。夫人たちが一斉に同情するような表情を浮かべた。だが……。

「エミーリア、令嬢がそんな品のない言葉を発するなんてありえないことだ。お前は感情のままふるまう性質を改めなければならない。騒ぎを起こしてまで人々の注目を集めたいのか？」

　言葉を発した父は、ショックを受けている自分の娘を愚かな令嬢に仕立て上げてでも、彼女の婚約者を優先しようとする。娘より金が大事か、とエミーリアは込み上げた怒りが、急速に悲しみに変わっていく。期待なんて最初からしたことなかったけれど、それでも……。

「エミーリア嬢は気難しい令嬢だとはお伺いしていました。ですがアーレントは自分の伴侶をエミーリア様にと思っているのです。ですから二人の関係を傷つけるような嘘をつくのは、おやめください」

　その言葉にどちらの話が本当なのか、と探るようにギャラリーと化している貴族たちが再びざわめき始める。

（エミーリアはこうやって、周りから嘘をついていると決めつけられ、誘導させられ、そして追い詰められていったんだわ……）

　悔しくて辛い。血の繋がっているはずの父ですらこんな感じなのだから、誰もエミーリアのことを信用せず、彼女もまた誰のことも信用できなかっただろう。悔しさや空《むな》しさ、耐えがたい感情にくっと唇を噛み締めて声を上げようとした。だがその時。

「エミーリア嬢の悲鳴を聞いて、私と黒狼騎士団長であるフランツ伯ジェラルドが支度部屋に入った。するとエミーリア嬢はこの男に無残に押し倒され、言うことを聞かないのならと暴力を振るわれそうになっていたんだ。だが彼女は指を折ると脅されても、自らの尊厳を守るため男の乱暴に抗おうとしていた」

響いた声に人々はエミーリアの後ろにハッとして視線を送った。

「その現場を見て、私が黒狼騎士団長に命じ、ゼファー伯爵子息の狼藉を止めたのだ」

エミーリアの後ろに立っていた彼が一歩前に踏み出した瞬間、辺りはシンと水を打ったように静まり返った。

「さて……私の証言を疑うものが、ヴァールブルグにいるのか？」

彼はゆっくりとホール内の貴族たちを見渡す。刹那、貴族たちは言葉すら発せず、ただ目を見開く。

「この、フェリクス・アウル・ラ・ヴァールブルグの言葉を」

広間に朗々とした声が響き渡った瞬間、貴族たちが一斉に腰を落とし敬意を表す礼の姿勢を取り、頭を下げて恭順の意を示す。

（ヴァールブルグ？）

エミーリアはハッと顔を上げた。彼女の横に立つ端正な顔を見て、ようやく持っていた知識とその姿が結びつく。

「……フェリクス第一王子殿下……？」

ジェラルドが一緒にいた時点で気づくべきだった。彼は隣国の皇太女の婿に入る予定が、何らかの事情で出戻ってきた、第一王子だったのだ。

「ちなみにボンクラ伯爵令息は、平民たちの住む下町で娼婦宿に出入りし、何人もの罪のない女性に暴力を振るい、数名の命を奪っている。事件の経緯は騎士団の調査ですでに把握済みだ」

「そ、そんなこと、どこに証拠が！」

第一王子の言葉にすら、往生際悪く反論を叫ぶ男の顔を見て、フェリクスは言葉を続けた。

「必要であれば、いくらでも証人がいるようだが？　お前に一生残るような怪我や、顔に酷いやけどを負わされた若い女性もいるからな。証言台に喜んで立ってくれるらしいぞ。その上今回は国王陛下がお出ましになる王宮でのパーティ中に、嫌がるハイトラー侯爵令嬢にこのような狼藉を行った事実も踏まえ……その嗜虐《しぎゃく》的な性質は改善の余地はないだろうと思う。今後罪を犯すことのないよう、私は国王陛下に進言するつもりだ。すべての国民を大事にされる陛下のことだ。真実が明らかになれば、お前は極刑を免れないだろうな」

フェリクスはエミーリアを後ろに庇《かば》い、冷酷な紫色の瞳でアーレントを睨みつける。アーレントは次々と指摘される罪状に目を見開いていたが、第一王子の最後の言葉にガクリと膝から崩れ落ちた。

「追って沙汰が下るまで、この男を牢《ろう》にて留置せよ」

フェリクスの声にジェラルドが即座に動き、すでに招集されていたらしい王宮騎士団員が彼を捕らえて、牢屋に連れて行く。

「……騒がせてすまなかった。皆はこのまま式典の宴を楽しんでくれ」

穏やかな笑顔を浮かべ、フェリクスが最後にそう言って人払いをするように手を振ると、空気を読んだ貴族たちは三々五々散っていく。もちろん裏では、突然姿を現した第一王子についての情報交換は怠らない。

（ああ、これでもうあの男と婚約しなくてすむ。それに……最大の破滅ルートからの回避は出来た、よね……）

そんな様子を見ながら、エミーリアは安堵に腰が抜けそうになっていた。瞬間ふわりと腰を抱かれて、先ほどまでの精悍《せいかん》な表情から眉を下げ、心配そうにのぞき込む王子の様子に、思わずドキッとしてしまう。

（そうだ、こっちの問題は解決してなかった）

盛大に冷や汗を掻《か》いているのを誤魔化すために、視線を落とす。婚約者の衝撃的な正体に、落ち込んでいると思わせておきたい。

「……付き合わせてすまなかった」

だが王子は怯《ひる》まなかった。いたわりの視線を向けられて、なんだか落ち着かない。慌てて回りを見渡すと、自分の元に近づいてくる父親の姿が目に入ってくる。

「まったくお前は……どうしてこう騒がしい事件ばかり起こすのだ」

この状況下で、そういきなり叱責されて唖然《あぜん》としてしまった。自分の選んだ婚約者に暴行を働かれかけた娘の顔を見た直後に言うセリフがそれなのか。

「ハイトラー侯爵」

エミーリアが何かを答える前に、淡々と声を掛けたのはフェリクスだった。瞬間、カッとしていて誰の前でエミーリアを責めたのかようやく気付いたらしい父は、慌てて頭を下げて礼をする。

「で、殿下……」

「今回の件で、当然、彼女は婚約を破棄することになると思うのだが……」

にっこりと笑顔を見せたフェリクスに、ハイトラー侯爵は焦りながらも真摯な仮面をつけて、頷いて見せる。

「ええ。娘の婚約者がこんな男だとは思いませんでした」

それでも、予定通りの展開にならなかったことで一瞬浮かべた悔しそうな表情に、エミーリアはひそかに心の中で舌を出す。

(ざま～みろ!)

とはいえこのまま実家に帰れば、またろくでもない男の嫁に行かされるだけだろう。自分の立場は何も変わっていないのだ、と暗澹《あんたん》たる気持ちになる。だがフェリクスは意外なことを父に向かって話し始めた。

「後程、国王陛下より公式に発表があるが、隣国カルネウスのエカテリーナ皇太女殿下と私の婚約が、殿下の体調不良で破談となった。よって私の帰属は再びヴァールブルグになることが決定した。今後、再び国王陛下の補佐として執務を手伝うことになる」

突然の話題変換に、侯爵は目を瞬かせた。

「はっ……」

「私はつい先日ジェラルドを通じて、エミーリア嬢と知己を得たのだが、彼女は非常に有能で賢い女性だと知った。そこで頼みがある」

フェリクスの、娘への賛美から続く話の内容に、ハイトラー侯爵は何を言われるのか、期待半分、不安半分といった顔をする。

「国外に出ることが決まった時点で、私の補佐官たちをいったん解散した。だが再度執務の補佐をするものを雇用しようと考えているのだが……エミーリア嬢を、私の補佐官として指名したい」

その言葉に、侯爵は意味がわからず、開いた口がふさがらない状態だ。

「……もちろん王宮から正式に任命されれば、ハイトラー侯爵家としては拒否することは難しくなる。故に先に侯爵の意思を確認しようと思ったのだ。……エミーリア嬢、私のために力を貸してくれるか？」

父に話したのは、単純に手順のためだけだったらしい。それだけ言うとフェリクスはエミーリアに再び手を差し伸ばした。ここはもちろん父親の許可をもらわなければならない場面だが。

「ありがとうございます。私でお力になれるのなら」

エミーリアは躊躇《ためら》わなかった。この父親の元にいても、利用されるだけで幸せにはなれないと確信してしまったからだ。それだったら王宮で勤めて、前世のように自力で稼ぎ自由に生きたい。

（侯爵の元にいたら、社畜より最悪な人生になるの、確定だし）

にっこりと笑って彼の大きな手を自分の手を添わせ、ぎゅっと握りしめる。握手を交わして同意を示したエミーリアを見て、フェリクスは笑顔を見せた。

「では、近日中に国王陛下から、第一王子付の補佐官として指名する書状が届くだろう」

彼はようやく笑みを唇に浮かべ、満足げに柔らかく目を細めた。

「それまでに王宮での仕事を開始できるよう、十分な準備をするように。ああもちろん、そのための支度金は潤沢に用意するので、安心してほしい」

彼のセリフを聞いて、少なくとも王宮は最悪なブラック企業ではなさそうだ、とエミーリアは一安心したのだった。

第四章　悪役令嬢改め、できる補佐官になります

　あれこれあった記念式典から数日後、本当にエミーリアのもとに王宮からの書状が届いた。

「それでお前は……どこで第一王子と知り合いになったんだ？」

　王宮からの手紙は重要文書扱いだ。父親から直接手紙を渡されて、エミーリアは曖昧な笑みを唇に浮かべ、適当な言い訳をする。

「お母様のお墓参りのために、フランツ伯爵邸に伺った時に、ちらりとすれ違った程度です」

「……それだけで何故お前を補佐官に指名するのだ？」

　そもそも一年前に、フェリクスは隣国に婚姻のために旅立っている。昨年社交界にデビューしたエミーリアとは時期が重なっていないので、お互いに顔も知らない。それがわかっているだろうから、父としても王子と娘との接点がどこにあったのか気になるのだろう。

　当然父に下町の娼婦宿で出会ったなど言えるわけもない。なのでまだ無難な叔父ジェラルドの名前を出して誤魔化すしかないのだ。

　だが指名された理由はエミーリアもわからない。社交界デビュー以降、エミーリアには悪辣な評判はあっても、間違っても『有能で賢い侯爵令嬢』などと判断できる要素はないのだから。

（一番可能性がありそうなのは、やっぱりあの日の夜の件だよね……）

そうだとすると、処女だったエミーリアの純潔を奪ってしまったことに気づいて、それで何かしらの補償をしようとしているのだろうか。

（いやでも、あれは出会い頭の衝突事故みたいなものだし、私が拒否しなかったんだから、気にしなくてもいいのにって言ってあげたいけど……）

でもさすがに貴族令嬢が『処女を奪っちゃったとか、気にしなくていいよ～』なんて言葉を口にするわけにもいかない。

（というか、あの人が王子様だったなんて……）

そもそもなんでそんな高貴な人があんな娼婦宿にいて、しかも媚薬なんて飲まされていたのか。

（女性を買う目的だった？　だったらそうなる前に相手を手配させているよね）

それに彼はあの部屋に入ってくるときに、娼婦のマデリンに出ていくように促していた。だからそういう目的で来たわけではなかったのではないかという気がする。

「おい、エミーリア！」

父の言葉にハッと意識を目の前に戻す。

「なんで私を指名したのか、本当にわからないんです」

そう答えると、父はうーんと唸ってしげしげとエミーリアを見る。

「我《わ》が儘《まま》な娘という噂ばかりが先行していたが、こうしてみるとエミーリアは器量も悪くない。……

もしかすると、単純に殿下はお前を気に入ったのかも知れないな」

そっちの方が理解しやすかったらしく、ふむと頷くと、彼はニヤリと笑う。

「今回の話が流れたせいで、次は国内で妻を娶る可能性も……。場合によっては第一王子が立太子する可能性もあるか……そうなればエミーリアは王妃候補に……」

ぽそりと都合の良いことを呟く。

（まあ万が一もないと思うけど、そんなことになってもクソ親父の出世にだけは協力しないけどね）

エミーリアはそう考えると、心の中で思いっきり舌を出す。だが上機嫌の侯爵は娘の考えなど一切気づかずに、笑顔でぽんと両手を叩いた。

「誰か！」

声を掛けられて侍従が慌てて入ってくる。

「何かございましたか？」

「王室から支度金が届いている。エミーリアが補佐官として働けるように、王宮に相応しい衣装やアクセサリー、そのほか必要な物を買うために、出入りの商人を呼べ。パーティなどの出席も増えるだろう。ドレスも潤沢に用意するようにな」

その言葉に侍従は笑顔で頷く。そしてエミーリアは野心混じりの父の意向で、やれ採寸だ試着だと、しばらく振り回され続けたのだった。

◇◇◇

それから半月ほどでエミーリアは王宮に向かうこととなった。いやもっと準備期間があったのだが、侯爵邸にいると父が、『高貴な男性の落とし方』とか『王宮で取り入るべき人間は誰か』などを指示しようとするのがうっとうしくて、最短の日程で王宮への参内を決めたのだ。

城に入って初日。エミーリアは王宮に着き次第、その足でフェリクスの執務室を訪ねた。

「失礼します。エミーリア・ハイトラーです。第一王子補佐官として拝命を受けるため、参内させていただきました」

入り口でそう声を掛けると、入れ、と声が聞こえた。室内に足を踏み入れると、第一王子付の補佐官が数名、既に仕事を開始していた。

「エミーリア嬢。よく来てくれた。皆手を止めてこちらを見てくれ」

彼の言葉に一斉に視線が集まる。部屋にいたのは五人。いずれも若く、二十代から三十代といった年頃で優秀そうな人ばかりだ。

「エミーリア嬢には事務補佐官として、執務を手伝ってもらうために来てもらうことになった」

その言葉に、こちらを推し量るような視線が刺さる。もともとのエミーリアの評判の悪さもあるだろうし、先日の婚約破棄の噂も聞いているのだろう。正直、なんでエミーリアを補佐官として指名したのか、という意見が圧倒的だろうとは理解している。

それでも、与えられた仕事はしっかりやろう。そう決意して参内を決めたのだ。

「エミーリア・ハイトラーです。王宮での執務に関してはわからないことばかりですが、できるだけ早く学び、少しでもお役に立てるようにがんばりますので、よろしくお願いします。さっそくですが……何をしましょうか？」

エミーリアのそのセリフに、フェリクスは「え……」と小さな声を上げる。

「いや、今日くらい、寮でゆっくりして……」

「いえ、働きます。不慣れな分、すぐにでも仕事を覚えさせてもらって、役立ちたいんです！」

机の上に載せられた書類の数、目の下に隈《くま》を作っている補佐官達の顔。明らかに仕事量に対して処理速度が追いついてない雰囲気がひしひしと伝わってくる。

「た、助かります。まずは数字の検算をお願いしても良いですか？」

フェリクスが絶句している間にそう言ってきたのは、茶髪で眼鏡をかけた小柄な男性だ。

「ササビー侯爵嫡男アルフリードと申します。では頼みます」

彼は大量の書類をエミーリアの机の前に置く。

「……わかりました。よろしくお願いします」

エミーリアは座って、会計報告で上がってきたものをチェックすることになった。とりあえず、山の上から片っ端から確認していると、ちょくちょく計算ミスを見つける。永美は祖母の教育方針で小さな頃からそろばんを習わされていて段持ちだ。当然暗算は速い上に正確だ。

「こちらの書類、計算が間違っています。付箋をいれてありますので確認お願いします」

目の前にあった書類の束はあっという間に平らになった。左右に振り分けて、違っていた書類を指摘すると、エミーリアの隣で書類の処理をしていたアルフリードが呆気にとられた顔をした。

「アルフリード、再確認して違うようなら担当部署に突き返せ」

フェリクスは職務中、執務室の一番奥に座っている。チラリと視線を上げて、エミーリアの隣の男にそう告げると、彼は黙ってミスがあると指摘した書類を確認していく。エミーリアよりは計算スピードは遅いが、なかなかの速度で筆算のメモを取りながら書類を丁寧にチェックし終えると、アルフリードはパチパチと目を瞬かせた。

「エミーリア嬢が指摘した通りです。付箋に書かれていた説明もわかりやすいので、このまま担当部署に持って行き、修正後再提出するように指示してきます」

そう言うとアルフリードはチェックされた書類を抱えて、部屋を出ていく。彼が出ていった瞬間、エミーリアの近くに確認するように人が集まってくる。エミーリアは何があったのか興味津々といった補佐官達の様子に逆にびっくりしてしまった。

「ものすごい短時間で終えたってことは、令嬢は算術が得意なのか？」

「アルフリードの奴より計算が速かったな」

「アルフリードは殿下の右腕って言われるほど有能なんだよ。その彼が舌を巻いていたなんて、本当にすごい」

口々に話し掛けてくる様子は、エミーリアの能力を素直に賞賛する雰囲気に変わっていた。

「あ、ありがとうございます。ええと、算術は……割と得意な方なんです」

そう声を上げると、ようやくエミーリアを抜擢《ばってき》した意味がわかったという顔をする補佐官達を見てホッとする。奥のフェリクスが少し意外そうな顔をしているのがおかしい。

(やっぱり仕事が出来ることを期待して連れてきたわけじゃなかったのね)

そうだろう。今までのエミーリアの評判は単にワガママで評判の悪い侯爵令嬢にすぎない。

そしてフェリクスは先日の婚約破棄の騒動で同情したとか、その前の媚薬の騒動での補填《ほてん》の気持ちを持ったのだろう。それで、家に居づらくなるであろうエミーリアを、自分の下で面倒を見ることを決意したのだと理解した。

(気持ちはありがたいけど、恩を受けたままっていうのも落ち着かないし……全力で仕事させてもらいます!)

効率の良い計算の仕方について話をしている同僚たちは、エミーリアが悪評高い令嬢だろうとも、仕事がきちんと出来る方が重要だと思っているらしい。

(優秀な人達の方が変な嫉妬もしないし、色々と寛容だよね、実際)

でもそれだけフェリクスに人材を引き抜く目と力があるということだ。

(一緒に働くなら、絶対的に仕事が出来る人の方がストレス少ないもの)

悪くない職場だと思いながら、書類のチェックをしているうちに、昼休憩の時間になった。

「エミーリア嬢、少し打ち合わせをしながら、昼食をともにしないか？」

フェリクスからそう言われて、エミーリアは素直に頷く。永美的には上司からの食事の誘いを断るという考えはない。しかもここ数時間しか仕事をしていないが、フェリクスが上司として優秀だとなんとなくわかってきたからだ。

（ジェラルドが認めていただけのことはあるんだ。だったらこの後のランチミーティングで今後の仕事の方針についても、話が聞けるかも？）

仕事を始めたからには気合いを入れてやらなければ。そう少し前のめりになりながら、執務室の隣に用意されている面談のための部屋に入る。

「エミーリア嬢、まずは座ってくれ」

その声に席に着く。昼食だからだろう。すでに簡単な軽食が机の上に並んでいる。そして侍女も侍従も一人もおらず二人きりだ。言われたとおり席に座って、改めて彼の顔を見つめた。

（そっか、品のいい人って思っていたけど、王子様だったんだもんね。そりゃ特別洗練されているわ。その上こんな整った見た目だもの……）

などと目の前でフェリクスの容姿に感嘆していると、突然あの日の記憶が蘇《よみがえ》ってくる。

『貴女は本当に感じやすくてせっかちだな。もうこんなに濡らして……』

掠《かす》れて甘い囁きが、音声付きで脳内再生されて、穏やかなランチタイムに仕事場の上司を目の前にしている、というギャップで、ボンッと頭が破裂しそうになった。

（やめてやめて、なんで二人きりになった瞬間、あの時のこと思い出すのよっ）

必死で脳内の淫らな音声と光景をかき消そうとする。慌てて視線を逸《そ》らすエミーリアを見て、フェリクスは苦しげに眉を顰めた。

「……貴女が何故、あそこに居たのか、その理由についてジェラルドから話を聞いた。なんという無茶をと思ったが、あの父親では貴女が一人で対処するより仕方がなかったのだな」

彼のなんて言っていいのか迷っているような表情に、エミーリアはこの間のエッチ過ぎる情事を思い出していた自分との心境の差にぐっと息を詰めた。

「……結果として婚約が成立しなくてよかったとは思うが、俺は知らぬことだったとはいえ、無体を貴女に働いてしまって……本当に申し訳なかった」

深々と頭を下げられて、彼はあのことを謝るために自分を呼んだのだ、と気づいてしまって何故か気分が沈む。いっそ仕事の話をしてくれた方が良かった。

「いえ、私も一人であんな所に行ったこと自体が間違いだったのです……」

そうだ、素直にジェラルドに任せておけば、こんなややこしくはならなかったのかもしれない。突然後悔が押し寄せてくる。フェリクスはそんなエミーリアを見て、はぁっと深々と溜め息をつくと、彼は一瞬唇を噛みしめてから、敢《あ》えて穏やかな声で話し掛けた。

「それを言ったら俺もそうだ。だが……落ち込んでいても仕方ないし、午後から仕事もある。まずは……食べないか？」

気持ちの切り替えを促すよう微笑んだ顔は、あの日同様美しくて目の保養だ。

「そ、そうですね。午後の仕事に備えて食べましょう」

ワインを片手に昼食を取る。簡単な食事と言っても前菜からサンドイッチ、フルーツとデザートまで用意された食事はどれも美味しい。お腹が満ちていくと徐々に気持ちも軽くなり、問題をいったん横に置いて、楽しく会話できる程度には気持ちも緩んできた。

「しかし、算術が得意だとは予想外だったな。そもそも何故貴女を事務補佐官に任命したのかというと、例の事件の処理が見事だったから、その手腕を買ったのだ」

穏やかに微笑む様子は別格の気品と聡明《そうめい》さを感じさせる。容姿の端麗さに思わずうっとり見つめそうになるけれど、それどころではなく大事な話をされていると、エミーリアは気合いを入れた。そんな彼女を見て小さく苦笑した彼は、エミーリアの正体を知った経緯を教えてくれた。

あの朝目覚めた後、娼婦宿の主テッドに直接事情を尋ねたらしい。もともと王子が情報屋として利用していた彼から、エミーリアが何の情報を集めていたのか聞き出し、馬車で送っていったという話から自宅まで確認した。

結果エミーリアの容姿から侍女ではなく、当の本人だったことを知り、婚約者が誰であるか、その人間の為人《ひととなり》、普段の行動なども含め素行調査させたそうだ。並行してジェラルドからもエミーリアから届いていた手紙と報告について知らされた。

「……だが俺はジェラルドに貴女へ返事をしないように仕向けた」

そう言われて、散々連絡がないことを心配していたエミーリアは思わずムッとしてしまう。ジェラルドからの連絡がなかったせいで、どれだけイライラさせられたか。

「なんでそんなことを」

「もしエミーリアにジェラルドから報告があがっていれば、ハイトラー侯爵や、ゼファー伯爵に事情が知られる可能性が高くなる。そうなれば証拠隠滅されるかもしれない。その場合消されるのは町の娼婦だったり、宿の経営者だったり……どちらにせよ、罪のない平民達だ」

その言葉にエミーリアはゾッと背筋が寒くなった。結婚を控えていると弾ける笑顔をみせていたマデリンの顔が思い浮かぶ。

「だから彼らを警戒させず、捕らえるときには一網打尽にする必要があった」

それで密かにジェラルドが情報を集め、ハイトラー侯爵、ゼファー伯爵家からも文句が出せないほどのきっちりとした証拠固めを先に行ったのだという。

「まあ、結果として思った以上にあの男が愚かだったせいで、証拠が不要なほど失態を晒《さら》してくれたのだが……」

そう言って言葉を止めると、フェリクスは切なげに息を吐いた。

「だが、貴女に怖い思いをさせてしまった。配慮が足りなかった……。本当にすまない」

そっと手を伸ばし、そのまま彼女の左手の薬指に触れる。

「先日の一件でよくわかったが、貴女は行動力があり判断が正確で、人の気持ちを掴むことが上手い。

きっと俺の元に来てくれたら補佐官として実力を発揮するだろう、そう考えたのだ」

単に謝意だけでなく、エミーリアの能力を認めてくれた言葉が面映《おもは》ゆくて照れくさい。それにこんな風に考えてくれる上司に出会えたことが嬉しいのだ。

「ハイトラー侯爵の態度をみれば、今回の婚約が破棄されたとしても、また貴女を政治的に利用するだろう。だったら貴女は自分の居場所を他に作った方がいいと思ったのだ。もし迷惑でないのなら、貴女が親に頼らずに自分で生きる基盤を作る手伝いをさせてほしい。それが俺にできる、一番の償いではないかと考えたんだが……どう思うか、貴女の意見を聞かせてほしい」

真剣に告げる言葉に、思わず胸がキュンとした。単純にエミーリアを守ると言う代わりに、彼女自身が判断するための材料と環境を用意したうえで、その意思を最優先すると彼は言っているのだ。

（それだけ私を買ってくれたってこと、なのかな……）

それだったら嬉しい。

「ありがとうございます。すごく有り難いです。それに私……フェリクス殿下の期待に応えたいです」

素晴らしい上司と巡り会うことができた。エミーリアは、膝の上できゅっと拳を握った。

「殿下か。いや……仕事仲間だ。呼び捨てが良いが、それが難しいようなら『フェリクス様』程度ではどうだろうか？」

そう言うと、彼は手を伸ばしてくる。再び握手を求める手に、エミーリアはそっと躊躇《とまど》いつつも手を伸ばす。この世界では道具扱いされる令嬢には、握手を求めないのが普通だ。それなのに彼は対等な相手とするように、こうやって手を差し伸べてくれたことがとても嬉しい。

「……それでしたら、私のことは、エミーリアとお呼びください。フェリクス様」

その言葉に、彼は優美な眉を下げて、楽しげに笑った。

「ああ、それではエミーリア。今後ともよろしく頼む」

「はい、フェリクス様の補佐官として、全力を尽くさせていただきます」

そう言ってぎゅっと握った手を、エミーリアはとても温かく感じたのだった。

◇◇◇

そんな風にして始まった王宮生活は、エミーリアにとって居心地の良いものだった。

王宮の補佐官として与えられた寮は、生活に十分すぎる設備が整っていたし、朝晩の食事も食堂で食べることができた。洗濯や掃除なども部屋付きのメイドがいて、すべてお任せだ。

勤務時間は午前と午後に分かれており、昼休憩は長めに二時間程ある。仕事は定時に終わらないこともあるが、超過勤務があれば当然のように代休を取るか、残業代請求かいずれかを選べるのだ。しかも寮は王宮側で運営されているので、こちらからの持ち出しはない。

（世の中、こんなホワイトな職場があるなんて……）

前世のブラック企業の記憶が残っているからこそ、そのギャップになんだか涙が出そうだ。健全な労働環境に感謝が半端ない。その分、身を粉にして働こうと思ってしまう。

しかも人間関係についても、フェリクスの役に立ちたいと言う気持ちで全員が一丸となって仕事をしているため、面倒な足の引っ張り合いなどない。

（これが、理想の職場って奴じゃないかな！）

ジェラルドがフェリクスを暑苦しく推していた気持ちもわかる。そのくらい彼は良い上司だ、とそんなことを思いながら、今日も書類をチェックしていると……。

（ん？　なんかこれ、数字が変な気がする）

今年の秋は天候不順で、穀倉地帯である西部の作物の出来があまり良くなかった。結果として市場に出回る作物が不足し、価格が上昇している。ただその動きがおかしい。気になって、例年の不作と穀物の上昇の関係を見ていると、違和感が間違いではないことに気づく。

「あの、フェリクス様」

書類を持ってフェリクスの元に向かう。フェリクスは今、アルフリードと書類の確認をしている状態だったが、エミーリアの様子に、即座にそちらに向き直る。

「何かありましたか？」

「はい、この書類なんですが……。夏の悪天候で、西部の作物の出来が悪いのはわかっているのですが、市場価格の変動、おかしくないですか？」

そう言って書類を見せると、彼は眉を顰めた。

「確かに予想された収穫量より出荷量が若干少ないし、価格上昇の振れ幅の方が大きすぎるな……」

「そうなんです。穀物の生産が下がっているので、穀物の値段が跳ね上がることは、当然なんですが、上がり方が若干……」

昔、経済学の授業で見た価格上昇のグラフを思い出していた。

「こう不自然というか……恣意的な感じがしませんか？　そもそも予測されている収穫量より、市場に出回っている量が少ないこと自体もおかしいです。例えばですが、もし出荷量を誰かが操作しているとしたら……」

その話にアルフリードが眼鏡をぐっと押し上げる。

「そんなことをすれば、国王陛下に対しての謀反行為と判断されますよ」

穀物の生産量について情報を隠匿すれば、それは国に対しての反逆と取られても仕方ないのだ。

「そこまで危険なことを、何故するんでしょうか？」

「……まあ、金を集めるためにする人間はいるかもしれないな。気づかれる可能性は低いし、それでいて確実に儲《もう》かる方法だからな」

そう言ってフェリクスは薄く笑う。

「……アルフリード、俺は直接、西部の穀物商業組合長と話をしてみたいと思うのだが」

するとアルフリードが驚いた様な声を上げた。

「え、フェリクス様ご自身で、ですか？　しかも西部の穀物管理を任されているゼファー伯爵を飛ばして？」

その言葉に彼は肩をすくめる。

（西部の穀物管理はアーレントの父親で、金儲《かねもう》けに目がないゼファー伯爵なんだよね……）

通常で言えば、フェリクスのやろうとしていることは、伯爵のメンツを無くさせるような問題行動なのだろう。うまく取りなして欲しいと頼むようにアルフリードがエミーリアを見た。

「……万が一、ゼファー伯爵自身が価格操作に関与しているとなれば、権力がある人間が調査をして、圧力を掛けないと表に出てこないでしょうね」

ゼファー伯爵家は金満家だ。口止めや口封じにも上手に金を使う。そう告げると、アルフリードは違うそうじゃない、と言いたげに必死でエミーリアに視線を送る。だけど敢えてエミーリアは気づかないふりをした。

（だって伯爵自身が不作を理由に、市場に出る穀物を調整して価格を上げ、一方で価格上昇のために絞った分を備蓄に回している可能性だってあり得るもの。自分で勝手に価格を変えて、自分の都合で売れれば、そりゃ儲かるよ。でもそれで困るのはお金を持ってない平民。場合によっては餓死する人だって出てくる……）

そんな奴、全力で叩いてもいいんじゃないか。まあ今回の件の場合、フェリクスが直接組合長に確認する必要も無いが、この王子、意外と現場主義なのだ。自分で調査したいのだろう。

するとと同意を得られたと、小さく笑ってフェリクスが答えた。

「……ああ、俺も価格操作されている可能性が高いと思う。まあゼファー伯爵に直接聞く訳にもいかないし、さらに組合長は俺の顔を知らないからな。警戒されずに話が聞きやすくていい」

そして近日中に組合長に話を聞きに行く段取りをつけるよう、予定を組むように指示が出た

◇◇◇

「それで今日はどういったお話でしょうか？」

にこにこと愛想良く尋ねてくるのは、西部の穀物を管理する組合長メーガンだ。彼の前に座っているのは、お金で爵位を買ったと評判の田舎貴族、サザーランド男爵の三男フランシスと名乗っているフェリクス。エミーリアはその隣で侍女兼秘書として立っている。

「いやね、今西部の穀物の価格が上昇しているじゃないか。しばらくは作物の不作は続くようだから、まだまだ値段は上がるだろう？　だから今のうちに投資をしておきたくてね」

そう言ってにっこりと笑う。

（演技派だわ、この王子……）

無邪気な笑顔が間の抜けたボンボンっぽくて、とってもわかりやすいカモ感を醸し出している。

（組合長って言ったたって、元は生粋の商人だもんね。しかも成功した側の。そういう人ってこんなカモを見ると金儲けできそうな雰囲気を感じちゃって、ついウズウズするんだろうな～）

「投資、ですか？」

現に組合長の体は少し前のめりになっている。

「そう。今ある穀物を買い付けておこうと思ってね。今年はあまり収穫できなかった。ということは、来年の秋まではもっと値段がつり上がるよね」

うんうん、と自分の頭の良さに酔いしれているお坊ちゃま感を前面に出しているフェリクスに思わず笑いが漏れそうになる。その表情を引き締めて、エミーリアもお坊ちゃまの暴走を止める有能な侍女のふりをしなければ。

「フランシス様、西部の穀物に関しては、国が管理していますから、こちらに申し上げても……。それにもっと良い投資先がありますよ」

慌ててボンボンの危険な投資をさせまいとすると、フェリクスは金貨の詰まった大きな袋を開けて、チラチラと見せつける。

「えー。でもさぁ、せっかく僕の持っているお金の一部をここに持ってきたんだけどな……」

じぃっと革袋いっぱいの金貨を見つめていると、自然と組合長の目がそこに引き寄せられる。

「もういい加減にしてくださいませ。この間は絹の投資に失敗して、怒られたところじゃないですか。いくら旦那様がフランシス様に甘くても、これ以上の失敗をすれば、フランシス様のお金をすべて管理する、と言って取り上げられてしまいますよ」

エミーリアは袋をがしっと握って閉じ、それを持って立ち上がる。

「お騒がせいたしました。失礼させていただきます」

頭を下げて立ち去ろうとすると、咄嗟にその手を止められた、組合長に。

「あの……もし投資先をお探しなら、相談に乗ることができるかも知れません」

信頼を置ける雰囲気を醸し出しているが、組合長が一瞬チラッとエミーリアの持っている革袋に目をやったのを彼女は確実に捉えている。

（掛かった！）

「じゃあさ、もうちょっと話を聞かない？」

すかさずフェリクスがエミーリアの手を取る。しぶしぶ、仕方ない顔をして、金貨の詰まった袋をフェリクスに返し、エミーリアは頷いた。

「仕方ありませんね。話を聞くだけですよ」

◇◇◇

「はははは、エミーリア、見事だったね」

その後、町のレストランで個室を取った。店の人間が配膳を終えると、二人きりになった途端にフェリクスは楽しそうに笑う。

「いえ、フェリクス様の方が……。なんですか、あの無能そうなおぼっちゃまの演技」

そう言っているうちに噴きだしてしまった。組合長も大概脇が甘いが、すっかりとフェリクスに騙《だま》されて、穀物相場を利用しての投資の話に乗ってきたのだ。

「あの組合長も、伯爵に脅されて従っているようだしな。危険な橋を渡らされているのに、目の前で右から左へすべての儲けを伯爵に吸い上げられたら、それはいい気がしないだろう」

穀物商業組合では、昨年かなり強引な人事異動があり、長年トップを務めていた人物が、ゼファー伯爵に罪を着せられて引きずり降ろされ、今の組合長に代わったようだ。だが今の組合長も望んで協力させられているわけではなく、都合よく使われている様子がうかがえる。

「今の組合長に代わってから、価格の操作をするようになったんでしょうね……」

だが本来であれば、伯爵が管理している穀物は地租《ちそ》といわれるものだ。国の財産である。それを使って私腹を肥やしているとなれば、明らかな国に対する反逆行為である。

「まあ、市場に回さない余剰穀物の管理をあの組合長がさせられているようだからね。作物にはゼファー伯の目があるから手出しはできないけれど、それを動かすときにあわせて相場が変動するから、それによって金儲けをしてやろうとそう考えるんじゃないかな」

組合長という立場は得たものの、自分自身の稼ぎにはなっていないあの男にとって、フェリクスの提案は『確実に穀物相場で儲けられる』という事実を教えたに等しい。

（これで穀物の価格操作の件が徐々に明らかになれば、からくりも見えるし、組合長をこちら側に引き込むチャンスも作れる）

最初にエミーリアが書類での違和感を指摘した直後から、ジェラルドに命じて市場の調査も同時に開始しているらしい。

（この人、つくづく有能だわ……）

これだけ優秀な人で第一王子なのに、なんでこの人は王太子ではないのだろう。

（でもフェリクス様の弟は王妃の息子で。そしてフェリクス殿下は、愛妾《あいしょう》との間の子だと……）

結局血筋の問題で、第二王子を王太子にさせるため、優秀な第一王子を国外に出そうと考えたのかもしれない。本当にもったいないとエミーリアが思っていると、彼が真面目な顔をした。

「エミーリア、この仕事を始めて半月ほど過ぎたが、どうだ？」

エミーリアは突然どうだと尋ねられて、目を瞬かせた。

「どうとは……？」

「いや、王宮で働くことについて、どんな風に思っているか聞かせてもらいたいんだが」

その言葉に、エミーリアは自然と笑顔が出た。

「いい職場です。皆さん優秀でいい人ばかりですし、仕事もやりがいがあります！」

にこにこと答えると、彼はホッとしたような顔をした。

「……それにフェリクス様は、とても素敵な方ですし！」

エミーリアが高らかに宣言すると、彼が食べていた物でむせてしまった。ゴホゴホと咳《せき》をしているのを見て、慌てて立ち上がり、彼の背中をさする。

「大丈夫ですか？」

「だ、大丈夫……」

そう言いながら、エミーリアの手を握る。彼の顔は咳《せ》き込《こ》みすぎたのか真っ赤になっていた。

「そ、そう言えば、あの夜のことだが……」

彼がエミーリアの手を取ったまま、じっと彼女のことを見上げる。

「あの夜って……？」

三秒ぐらいそれを考えてから、ハッと気づく。初日にその話をしてから、ずっとそんな話はしていなかったので、うっかり忘れてくれたのか、とそう思っていたのに。

「……あの宿で出会った夜のことだ」

彼がエミーリアを見つめているのにドキッとして、慌てて視線を逸らす。

(職場恋愛は碌なことにならないし、しかもこの人は王子様。あの事件は……お互いに忘れた方がいい。だって私、こんないい職場、無くしたくないもの！)

咄嗟にそう判断する。恋愛感情は一瞬で醒《さ》めるが、仕事は一生を支えてくれるのだ。

「あれはもう、忘れてください。何もなかった、そういうことにしておく方が、きっといいですよ」

視線を逸らしたまま答えると、一瞬彼が息を呑《の》んだ気がした。

「……そうか。貴女がそう望むのなら。…………わかった」

彼はそう言うと、エミーリアの手をそっと離した。

第五章　有能王子様は元悪役令嬢に翻弄される

フェリクス・アウル・ラ・ヴァールブルグはヴァールブルグ王国の第一王子である。

父はまだ王子だった頃、町で出会った平民の母に一目惚れし恋に落ち、その一夜で子供を授かったらしい。しかも生まれてみれば次期国王、王太子であった父にとって、第一子の男児だった。

当然、産んだ母親は王宮に取り込まれることになる。平民だった彼女は形だけ貴族の養子となり、ただ出身から王太子妃になることはできずに、王太子の愛妾《あいしょう》として王宮に入った。王太子の唯一の息子となったフェリクスも一緒に。

それからも王太子の父と平民出身の母の仲は良く、父はよくフェリクスの元に訪れていたが、彼の母はフェリクスが五歳になる前に亡くなってしまった。

その後父は王位を継承し、ヴァールブルグ国王に即位した。そして周囲の勧めで国防大臣だったミュッセ公爵の娘ブリジットと結婚し、由緒正しい公爵令嬢を王妃とした。それからしばらく子供を授からなかったのだが、十年目にようやく王妃との間に、第二王子であるカミーユが生まれた。

十四歳年下の腹違いの弟は、学業成績が大変優秀で、将来は血統の正しい彼が王位を継承するのが望ましいと貴族達は考えているし、フェリクス自身もそう思っている。だからこそ、隣国カルネウスの皇太女と結婚し、婿となる話を引き受けたのだ。

（まあ……婿入り先のエカテリーナ皇太女は好きな男と駆け落ちしてしまったが。……そんな相手がいたから俺が婿に来て追い詰められたんだろうな）

一年近く前に隣国に入り、婚約期間を送っていたフェリクスだったが、結果として皇太女は駆け落ち相手との間に子供を授かった。それでカルネウスはその男を婿にすることになったようで、結局彼はエカテリーナとろくに会うことも無く、結婚話は破談になった。

（それで高額の違約金とヴァールブルグにとって良い条件の平和条約を締結して、母国に出戻ることになったのだが……）


「お兄様、お帰りなさい」

隣国から帰国した直後、王宮で最初に笑顔でフェリクスを迎えてくれたのが、もうじき十二歳になる異母弟の第二王子カミーユだ。

「ああ、予定外に出戻ることになってしまったよ」

苦笑交じりに言うと、弟は眉を下げて何を言うべきか迷う顔をしたが、次の瞬間、柔らかく微笑んだ。

「良かったです。僕はお兄様がこの国で立太子し、その後国王になってくれることを望んでいます。もう国外に出るなんておっしゃらず、お父様の隣にいて、次期国王として支えてあげてください」

世間では二人は王位を奪い合う関係だと思われている。だが、出自の関係でフェリクスは自分が国王になるべきではないと考えており、弟は当然のように第一王子であるフェリクスが次期国王になるべきだ、と口にしてはばからない。

それ故、フェリクスが隣国の王太女の元に婿に入ると言ったときは、『なぜ王太子となるべき兄上が婿に出ねばならないのですか！』と国王にまで食ってかかるほど大反対した。

ちなみにカミーユの母である王妃は、実家の実直さと忠誠心を買われて妻となっただけあって、王位継承に関しては一切口を挟まず、フェリクスに対しても淡々とした態度を取り続けている。ミュッセ公爵も王位継承については国王の意志に任せると一歩引いている状態だ。

「いや父上はまだ若いし、お前が王位を継ぐまではその地位も盤石だろう。俺は外に出てヴァールブルグを守れればと思ったのだが、今回このようなことになってしまったからな。国王陛下の補佐としてもう一度国内から支える手伝いをしたいと考えている」

真面目にそう答える兄を見て、カミーユは小さく笑った。

「前から言っていますが、僕は王位なんて継ぎたくないんです。ですから、この国のことは父上とお兄様にお任せします」

また僕とゆっくりお話しする時間を作ってくださいと言って弟は部屋を出ていった。

◇◇◇

そして国内に戻ってから三ヶ月ほど経《た》った。

今日も政務はさばききれないほど大量にある。フェリクスは自分の執務室で優秀な補佐官達がチェックを終えた書類に、許諾のサインを入れながら、そっとエミーリアの方に視線を向ける。

彼女は仕事熱心で朝は誰より早く来て、帰りも無理矢理部屋を追い出さないと仕事を止めない。なにかに脅されているのではないかと思うほど、朝から晩まで仕事漬けだ。

(仕事をしないと、侯爵家に戻されると心配なのだろうか……)

以前何故そんなに仕事ばかりしているのだ、と聞いたら、『え？　仕事は全力でするものですよね？』と素で言われて思わず眉根を寄せてしまった。

基本的に貴族達は義務として請け負っている仕事はきちんとするが、エミーリアのように自分から積極的に仕事を探そうとはしないし、基本的に時間外に仕事は一切しない。

(全く不思議な人だ……)

異常なほど仕事熱心な彼女なので、今もフェリクスの少々不謹慎な視線などものともせずに、書類に集中しているようだ。

(それに、俺に男としての責任すら……取らせてくれないのか)

彼女と娼婦宿で出会った前日。

フェリクスは今後の事について相談するために、緊急かつ秘密裏に母国に戻ってきていた。そして丸一昼夜、国王や宰相などと喧々諤々の話し合いをした後、息抜きに下町に顔を出そうと考えた。公式に帰国の知らせを公表してなかったのをいいことに、一人で城を出た。

久しぶりに戻った下町は自分が隣国に向かう前より治安が悪化していた。様子を知るために最近できたという店に入った途端、質の良くなさそうな店だとわかった。無難に一杯だけ飲んで出ようとしたのだが、その酒に大量の媚薬を入れられていたことに気づいた。

異常な酔いに身の危険を感じて、慌てて馴染みのテッドの店に逃げ込む。老舗で顔役であるテッドが経営しているこの店ならば、避難するにはちょうど良い。いつも隠れ家として使わせてもらっている三階の部屋で、薬の効果が切れるまで休息を取ろうと考えていたのだが……。

普段めったに使用されることのない部屋に女がいた。

（確かに娼婦にしては、ずいぶん品の良い子がいると思ったんだ。それこそ没落貴族が身売りでもしたのかと思ったんだが……まさか娼婦でない娘が部屋にいるなんて想像もしてなかったし……）

媚薬で理性をなくして飛び込んだ娼婦宿にいたのは、昔王宮で彼を救ってくれた少女とよく似た容姿を持つ女性だった。

同じ色の瞳に、同じ色の髪。面差しも似ているような気がして……。

だが娼婦宿にいるのだから、当然娼婦なのだろうと思い込んでしまった。なにより欲情の耐えがたい乾きに一人で耐える予定が、魅力的な女性を目の当たりにして崩れた。テッドの店にいる娼婦なら問題はないだろうと……いや、言い訳はいい。単に好ましいと思う女性が目の前に現れたせいで、自らの獣欲にフェリクスは屈服してしまったのだ。

（だが一晩買うことを交渉しても、拒否は……されなかった。だがよく考えてみると、娼婦ではなかったのだから、そういった交渉の方法すら知らなかっただけだったのでは？）

気に入らなければ黙って部屋を出ていけばいい、などという常識を、彼女はわかっていなかったのだろう。などといまさら気づいても後の祭りだ。

フェリクスが結局一晩中、散々自分の欲を発散したあとに目が覚めてみれば、その娼婦は姿を消しており、代わりにシーツにはまさかの純潔の証がしっかりと残っていた。

その瞬間、ざぁっと冷や汗が滝のように背筋を流れた。慌てて下に行くと、銀貨を手にニヤニヤしているテッドがいた。

「テッド、三階の部屋に居たのは誰だ？」

彼の言葉に、フェリクスの正体を知らないテッドは面白そうな顔をする。

「お前、いつ来たんだ？　三階って……もしかしてあのお嬢様となんかあったのか？」

瞬間フェリクスはポケットに手を突っ込み、とっておきの金貨を取り出す。情報屋のテッドのことだ。部屋に通す人間の情報程度はしっかり調べがついているだろう。

「テッド。これをやるから、あの部屋にいた女について知っていることすべて教えてくれ！」

最後、女を馬車で屋敷まで送る手配を取ったというテッドから、彼女が店に来たところから、必要な情報をどのように手に入れたのか。その情報が何についてだったのかなどすべてを教えてもらった。

最後に娘の送り先について聞き、それがハイトラー侯爵家であったことまで確認した。

（だがまさか、侍女ではなく令嬢本人だったとは……）

調べた結果、フェリクスが一夜を共にした女性がハイトラー侯爵令嬢本人だったことを知った。フェリクスが隣国に旅立ってから社交界デビューをしたらしく、社交界では彼女とは面識がなかったのだ。

（しかし……不思議な子だ……）

少なくともフェリクスの知っている令嬢たちは、当然ながら自ら娼婦宿に潜入して情報を集めようなどいう無鉄砲な行動はしない。だが本当に考えなしの令嬢であれは、海千山千のテッド相手に、あれほど見事な交渉など出来ないだろう。なんだったら今も彼に一目おかれているほどだ。

二重三重に驚かされた上、今度はジェラルドからも下町で起きている事件について知らせを受けた。姪《めい》であるエミーリアから報告があったらしい。

どうやら彼女は情報を集めるだけでなく、渡す先まで考えて行動したのだと理解した。

ジェラルドの報告によれば、アーレントが下町で娼婦相手に残虐な振る舞いをしているのが許しがたいのだと彼女は手紙で訴えていた。当然その男との婚約などまっぴらごめんだし、何より罪のない女性達が苦しんでいることが許せないから、男の罪を証明して欲しいという願いが添えられていたらしい。

（つまり、その情報を確認するためにエミーリアはあんな無茶をしたのか……）

改めてハイトラー家の状況についてジェラルドに尋ねると、既に彼女の母は亡く、後妻が幅を利かせている状態で、周りにはエミーリアを助ける人間はいないのだという。

「先日は、アーレントが一方的にエミーリアに婚約破棄を申し出るという屈辱を味わわせたようですが、結局両家がそれをうやむやにして、家の結びつきのために婚約を続行させているようですね」

あの日彼が抱いた女性がそんな男と結婚を強いられているのか、と切ない気持ちになる。

（それでも途中までは、彼女の無鉄砲だが勇気ある行動は上手くいっていたんだ……）

無茶な行動ではあったが、自分とさえ出会わなければ、彼女の作戦は完璧だった。その彼女の密かな冒険で、唯一彼女に傷をつけてしまったのは自分なのだ。

（俺が……知らない店などで酒など呑まなければ……いや安易に薬の力に負けなければ……。そもそもテッドの店に逃げ込まなければ。いや……彼女の魅力に負けなければ……）

悔やんでも彼女の大切な純潔を、無理矢理奪ってしまったという事実は消えず、贖罪《しょくざい》の気持ちは強まるばかりだ。せめて記念式典でのエミーリアとアーレントの婚約承認だけは避けようと、その日までにすべての証拠を集め、アーレントの罪を追及することにした。

そしてパーティの会場でエミーリアに事情説明を行おうと、ジェラルドと共に彼女の後を追ったのだが……。


「どうやらエミーリアは今、支度部屋に行っているようです」

ジェラルドの言葉に、フェリクスは頷く。さすがに叔父と姪という関係とはいえ、支度部屋に戻っている女性に声を掛けるわけにも行かない。控えているはずの侍女もいないので、仕方なくジェラルドと共に部屋の前で、エミーリアが出てくるのを少し待たせてもらおうかという話になった、その刹那。

「いやぁぁぁぁぁっ」

苦痛を訴える悲鳴が聞こえ、咄嗟にジェラルドと目を合わせる。次の瞬間、二人で支度部屋の中に駆け込んでいた。

「何をしているんだ！」

目に飛び込んできたのは床に無残にも押し倒された状態のエミーリアだった。

何故かアーレントは彼女の左手の薬指を折らんばかりの勢いで握りしめ、無理矢理指輪らしきものを彼女につけようとしている。フェリクスは咄嗟にアーレントの手を握り、彼女の指から手を離させると同時に突き飛ばし、彼女の身を起こさせると守るように抱きしめた。

あの夜、フェリクスの腕の中で熱を帯びていた彼女の体は氷のように冷えており、小刻みに震えている。そして骨折しそうなほど握られていた指は既に赤くなっており、熱を持っていた。

「ジェラルド、その男を捕らえよ！」

振り向くことなく命じると、男を捕縛したジェラルドが苦しげな声を上げる。

「……エミーリア、すまなかった。この男、思った以上に質の悪い男だった……」

怒りで必要以上に締め上げているジェラルドに、アーレントがたまらず悲鳴を上げる。フェリクスはエミーリアに指以外に目立つ怪我がないのを確認し、深々と溜め息をつく。

だが床に目を落とした瞬間、何か光るものを目が捉えた。咄嗟に手を伸ばして取ると、それは大粒のエメラルドがついた見事な指輪だった。

(——っ)

それを見た瞬間、フェリクスは電撃を受けたように身を震わせた。それは昔、フェリクスが一度だけ見たことがある指輪だ。

『あのね。あなたのお母様は世界に一人だし、あなたはたった一人のお母様がほんとうは好きでしょう? だったら皆が悪口を言っても、あなただけは言っちゃダメ』

幼い少女が見せてくれた、母親からもらった形見である大切な指輪だった。

(エミィ……エミーリア、そうか、やっぱり貴女だったのか……)

娼婦宿で初めて会ったとき、何故かあの小さくて元気な女の子のことを思い出した。だが宿で出会った時は、彼女が王宮に出入りするような家柄の女性だとは思ってなかったから、単なる他人のそら似だと思いこんでいた。

テッドから名前と家柄を確認した後、もしかしたら、本当にあの子なんじゃないかと、いやそんな偶然はないだろうと、少しだけ期待しては、その思い込みを自ら笑った。だが……。

「……大事なものなのだろう?」

「ありがとう……ございます」

フェリクスが手のひらに載せて差し出して指輪を、彼女は呆然としたまま受け取った。赤く腫れ始めた指にはその指輪は入れられなさそうだ。咄嗟にフェリクスは自分のつけていた飾りのないネックレスを引き出し、それを彼女に渡した。

（ああ、そうか。あの頃の彼女はまだ小さかったから、母の形見の指輪をあんな風にネックレスにして持ち歩いていたんだな。そして今は指につけられるほど、大人の女性に成長した……）

エミーリアはそれを受け取ると、以前の記憶の通り指輪を通しそのネックレスを身につける。彼女の姿を見てフェリクスはずっとなくしていた宝物を見つけたような気持ちになっていた。

「ありがとうございます」

エミーリアはうるりと目を潤ませて、大事そうに母の指輪を指先で撫でる。大切な母の形見の指輪を床に捨てられ、望まない指輪をつけられるのが、それほど彼女は嫌だったのだと理解する。彼女はほっと息を吐くと、その指輪をドレスの下に隠した。

今の彼女を見て、何歳も年上の男子を叱り飛ばすあの小さな少女の、芯の強さと愛情の深さを思い出す。そんな彼女のまっすぐな想いを裏切ろうとする、アーレントを心の底から許しがたいと思った。その上、娘がこんな目に遭わされても、自分の利益のために婚約を破棄しようともしない侯爵と、息子を庇う一方の伯爵も。

（どいつもこいつも……）

みっともなく喚《わめ》く男に苛立ちが募る。気づけばアーレントには厳しい処罰になると言い渡し、そしてエミーリアを自分付の補佐官として王宮に呼び寄せることを決定していた。

一度アーレントから婚約を破棄された上、記念式典の会場であれだけの騒動を引き起こしたとして、エミーリアは社交界の注目を集めてしまった。そのうえフェリクスのところに出仕するようになったため、最初は王宮でも社交界でも、様々な噂を流されていたようだ。

元々社交界であまり評判の良くなかったらしい彼女だ。実際王宮で仕事に取り組み始めると、最初は人々から疑いの目でみられていた。だが彼女はそんな視線にも負けず、明るい笑顔を絶やさず精力的に仕事をし、知らないことについては献身的に学んだ。

そうした努力をしている姿を見て、仕事で関わり合いの合った人を中心にどんどん信頼されるようになっていた。男性の多い王宮内で、様々な男性が彼女に声を掛けるようになればなるほど、思い出すのはあの一夜のことだ。

（彼女は知らぬふりをしてくれているが……あんな形で俺が彼女の純潔を奪って、そのままにしておいていいわけない）

この件について、一度きちんと話をしなければならない。彼自身の婚約も破談になったところだし、エミーリアも婚約破棄をしたばかり。何度もお互いの運命が重なり合っているのだから、きっと縁があるのだろう。

時期が来れば彼女に結婚を申し込んで、エミーリアを自分の妻として娶れたらとすら、勝手に妄想するようになり始めていたのだが……。

（別に責任を取るとか、そういうことではなく……）

幼い頃に劣等感だらけの彼を励ましてくれた彼女の優しさだったり、人に頼らず自分で行動できる独立心だったりが、今もたまらなく眩《まぶ》しい。気づけば常に彼女に視線が引き寄せられている。

（ああこれはもう、ほとんど恋と言っても過言じゃない……）

二十代半ばを過ぎ、初めてそんな感情を自覚したのにもかかわらず……。

『あれはもう、忘れてください。何もなかった、そういうことにしておく方がきっと良いですよ』

そうきっぱりと言われてしまったら、それ以上何も言えなくなってしまった。

もしかするとエミーリアは最初に婚約者になった男性があんな人間だったせいで、男性不信になっているのかもしれない。そうだとしたら無理に距離を縮めるより、フェリクスという人間を少しでも信頼してもらえるように、時間をかけて距離を近づけていこう。そう決意していたのだが……。

◇◇◇

「エミーリアは？」

朝、国王からの使者が来たためフェリクスが時間ギリギリに執務室に入ると、いつも誰よりも早く仕事を始めているエミーリアだけが執務室にいない。アルフリードにフェリクスが尋ねると。

「ああ、エミーリア嬢ならば、昨日の交渉の件で先ほどノリス様に捕まっていました。始業時間には戻ってくると思うのですが……」

　ノリスは宰相付の補佐官だ。三十代前半、容姿が整っている上に、有能で仕事が出来ると評判だ。だが妻が居るくせに他の女性にも平気でちょっかいを掛けるような、どちらかと言えば女性にだらしない、という噂の絶えない男でもある。

（エミーリアがその男となんの会話を？）

　つい気になって部屋の外に出ると、ちょうど廊下の向こうで、宰相の執務室から戻ってくる最中らしいエミーリアとノリスが会話をしているのが見えた。様子を窺《うかが》っていると、鼻の下を伸ばしたノリスがさりげなくエミーリアの手を取ろうとする。

「エミーリア嬢、本当にありがとうございます。お礼に今度一緒にお食事でも」

　男の図々しさにひどく苛立つ。だがエミーリアの方はにっこりと笑ってその手を避け、一歩身を引いた。

「いえ、お礼を言われるようなことではありませんわ。フェリクス様のお役にも立つことですので」

　顔を赤らめるでもなく、笑顔を浮かべつつきっぱりと断っている。執務室に向かって視線を送ると、フェリクスの存在に気づいたらしい。彼は軽く手を挙げ、エミーリアの方に歩み寄る。

「エミーリア、すまない。昨日の書類の件で、朝一番に確認したいと思っていたことがあったんだが……」

　声を掛けると、彼女はいつも通り挨拶をし明るい笑顔を返してくれた。ノリスは近寄ってきたフェリクスを見て少しだけバツの悪そうな顔をしつつも、一つ礼をして引き下がっていく。

「大丈夫か？　あの男、けっこうしつこく女性に付きまとうだろう？」

彼女の耳に顔を寄せて尋ねると、彼女は少し考えてから屈託のない笑顔を見せた。

「いえ、全然。この程度なら慣れていますので……」

彼女の返答に、貴族令嬢として大切に育てられているはずの人がどういうことだ、と突っ込みたくなる。いや、もしかすると他にもこんな風に彼女に付きまとっている男がいるのか？

（そもそも、彼女の態度にはちょくちょく違和感があるんだよな……）

侯爵令嬢だ。もちろんしっかりと教育は受けているだろう。だが保守的なハイトラー侯爵の家だから、それはあくまで令嬢としての教育だと思われる。しかしエミーリアは執務をさせると、王宮の補佐官と引けを取らないどころか、その中でも別格だと断言できるほど書類の処理が早い。

しかし彼女がずば抜けているのは対人関係。とりわけ交渉能力だ。

若く美人なエミーリア相手だと、交渉相手は『所詮お嬢さんだろう』と侮ってくる。だが気づくとそのお嬢さんに手のひらの上で転がされ、結果としてフェリクス側に都合が良いように交渉を整えて戻ってくるのだ。海千山千の財務部や、軍務部、外務部と、どれも癖があって面倒な交渉相手にも関わらず、だ。

頭は良いのに交渉事が苦手なアルフリードなど、代わりに交渉に行ってくれるエミーリアを神のように崇《あが》めている。

（ものすごーく、頼りになるのは間違いないが……）

困ったことに一度交渉に行かせると、エミーリアはその大胆な交渉術で大概相手に気にいられてしまう。

（あれは人たらしだな……人を惹《ひ》きつける容姿に、技術まで備わっている）

だからノリスだけではない。さっきみたいに彼女に集ってくる男達を見ていると、毎回頼りになると思いつつ、フェリクスはなんとなく釈然としない気分となってしまう。

（相手の男はエミーリアを若くて魅力的な令嬢だと思って見ている。だがエミーリアは誘いは毎回上手い事躱して、こちらに都合の良い結果だけ持って帰ってきている）

変な男どもに愛嬌を振りまく必要はないのに、と密かに思っている気持ちを抑え込み、執務室に戻っていく彼女の後ろ姿を見ながら、フェリクスは溜め息をつく。

「ところで、お話ってなんでしょうか？」

その言葉にフェリクスは慌てて頭を仕事のことに切り替えた。

「西部の穀物価格の操作に関して、ゼファー伯爵の関与が確認できたと聞いたのだが……」

執務室の奥にある面談のための部屋にエミーリアを呼び、話を始める。

フェリクスが肝いりで調査をさせていた西部の穀物の価格操作について、ようやく調査結果が出たといって昨日の夜、書類が回ってきた。

ちなみにゼファー伯は息子の失態にも関わらず、他の貴族からの取りなしもあり、その地位を失う事はなかった。

そしてエミーリアはあの後も『金持ち男爵のおバカな子息』の優秀な代理人として、穀物組合長の元に出入りし続けていた。何度も通って関係性を深めた後、エミーリアから彼の危うい立場について、情報をもたらした。そのことをきっかけに、エミーリアは組合長から信頼を得たようだ。

そして貴族との関係に常々不満を持っていた組合長から、一時保管を行っている穀物について相談を受けるようになっていった。きっとあの男もうすうす自分の組織が加担していることが危険で、まっさきにすげ替えられる首が自分のものだと気づいていたのだろう。エミーリアに話したのはいわば保険だ。だが彼女がそれだけ信頼置ける人物だと、老獪《ろうかい》な組合長に判断されたのだ。

情報を手に入れた後、第一王子付の監察官が秘密裏に調査を実行した。そしてこの穀物倉庫の場所を確認し、管理者についてもある程度調査が終了できた。

「やはりゼファー伯爵が、穀物価格操作に関与していたのか……」

フェリクスは顎に手を置いて、エミーリアから渡された報告書をじっくりと見る。

本来であれば国に納めるはずの穀物の一部を隠匿し、自分の管理下において私的に売買をする。しかも価格操作まで行えば、それは国家に対する詐欺を行ったに等しい。絶対に許されるべきことではない。

「ただ……この話、ゼファー伯爵が単独で行ったことにしては、少々大胆すぎますよね。なにより大がかり過ぎますし、後ろに誰か、黒幕的な人物がいるとしか……」

エミーリアの言葉にフェリクスも頷く。

「ああ、まずはそのあたりを確認するために、しばらくは泳がしておいた方が良いだろう」

そう言って調査を継続することにして、追及は後回しにしたのだが……。

◇◇◇

相変わらず朝から晩遅くまで絶好調で仕事をこなし、フェリクスの秘めた気持ちなど一切気づいていないエミーリアと共に執務を行う。

そんなある日、めずらしく国王が彼の執務室を訪ねてきた。

「陛下、いかがされましたか?」

めったにないことに驚きつつも、フェリクスは慌てて立ち上がり国王を迎え入れる。執務室にいた人間達も一斉に礼をした。

「……いや、そんなにかしこまらなくていい。私は単に息子と話をしに来ただけだ……」

その言葉に空気を読んで、有能な王子付の補佐官達は一斉に外に出て行こうとする。だが一緒に出ていこうとしたエミーリアは、国王から声を掛けられた。

「ハイトラー侯爵令嬢。其方《そなた》はここに残って、侍女の代わりにお茶を淹れてくれないか」

エミーリアが軽く目を見開く。侍女として王宮に居るわけではないから、お茶を上手く淹れられるわけもないと、フェリクスは父の言葉を不審に思う。

だがお茶の道具が届くと、エミーリアは案外落ち着いた様子でお茶の準備をし始めた。

(侯爵令嬢育ちのわりに……お茶の入れ方まで知っているのか)

改めてエミーリアの有能さに舌を巻く。有能さというよりは、自分が体を動かして働くことを喜ぶ体質と言うべきかもしれない。

「……父上、突然どうされたのですか?」

エミーリアがお茶を準備する様子を横目に見ながら尋ねると、ヴァールブルグ国王エリウスは執務室のソファーに腰掛けて、あちこち執務室の中を見ていた。

「懐かしいな……この部屋にいたのは、其方より少し若い頃であったが……」

唐突に言われた言葉に、そういえば国王が王太子時代に、ここで執務を行っていたのだ、と思い出す。エミーリアがお茶をそっと国王とフェリクスの前に差し出した。

「ふむ。エミーリア嬢は……なかなか美味《うま》いお茶を淹れるな」

お茶を飲むと、エリウスは意外そうな顔をした。フェリクスもお茶を口にする。国王に供するのに相応しい、馥郁《ふくいく》とした香りと渋みと甘味《あまみ》の絶妙なお茶は、王宮の侍女が淹れたのと遜色がないほど美味しい。しかも猫舌気味の自分に合わせて、国王に出された物よりほんの少しだけ温度が低くなっているのにも気づいた。

(……まったく、この人は謎ばかりだ)

そんな疑問を持たれているとも知らず、エミーリアは小さく笑って引き下がる。目の前で美味しそうにお茶を飲む父を見る。そもそも何のためにここに来たのだろうと思いながら、フェリクスはそれでも国王の言葉を止めることがないように口を開くのを待った。

「……実は今日、お前に引導を渡しに来たのだ」

ティーカップをソーサーに置くと、突然剣呑《けんのん》なことを言う。

「引導？　何のことですか？」

尋ね返すとエリウスは珍しく父親らしい私的な表情を浮かべ、ニッと笑った。

「そろそろ後継者を定めようと思ってな。お前、立太子しないか？」

その言葉にフェリクスはドキリとする。隣国から戻ってきてから、もしかしてそういう話が来るかもしれないとは思っていたのだ。

「いえ、父上はまだまだお元気ですし、カミーユがあと五年もすれば立太子できるでしょう。私はあくまで補佐として……」

そう言葉を返すと、彼ははぁっと溜め息をつく。

「それではせめて、結婚しないか？」

「はああああ？」

不敬だと思いつつ、次にされた提案に驚き、思わず声を上げてしまった。

「この間、私は婚約破棄されたばかりですが」

フェリクスの言葉に、国王はゆっくりと一口お茶を飲むと言葉を続けた。

「前回の話は、お前がカルネウスに婿に出ると言ったので受けた話だ。そもそも私はお前に国外に出て欲しかったわけではない。お前が隣国に発《た》って一年で、すでに様々な問題が生じてきている。考えていた以上にフェリクス、お前を頼りにして国政を行っていたのだ、と改めて思い知らされた」

フェリクスは苦笑を浮かべた父親の表情に、初めて老いを感じた。父もさすがに五十を手前に少し気が弱くなっていたのかもしれない。だからこそ何も言えずに父の話を聞く。

「それは貴族達も十分に感じているだろう。であれば国内の安定化に向けて、対外的な証が必要となってくる。そうでなくても、もともと優秀なお前が婚約破棄して戻ってきた時点から、国内外からお前宛にいくつも縁談が届いているのだ」

その言葉にフェリクスは自分の心情はともかく、納得してしまった。

「なるほど。陛下が国外に私を出さないとするのであれば、国内で妻を娶った方が良いということでしょうか」

正直後ろに立っているであろうエミーリアがどんな表情を浮かべているか気になる。そう思いながら、フェリクスは慎重に言葉を紡ぐ。

「そうだな。今来ているものだと、例えばベルティィエ宰相の長女デボラ嬢とか……」

その名前を聞いた瞬間、フェリクスは思わず額に手を当てていた。

(ベルティィエの娘だけは……勘弁してもらいたい)

以前から執拗に迫られているが、見た目も性格も何一つ好みではない。宰相が甘やかして育てたせいで、欲しい物はすべて他人が自分のために手に入れてきて当然、といった典型的なお嬢様だ。だがそれ以上に重要なのは、フェリクス自身が父親であるベルティエ公爵に対して、あまり信頼をおいていないことだ。

(前ベルティエ公爵は、確かに清廉潔白な政治を行う人間だったと思うが、その息子の方は……)

今のベルティエ公爵家との縁は求めていない。正直フェリクスには受け入れがたい婚約だ。

「それ以外であれば……そうそう、ハイトラー侯爵家よりエミーリア嬢はどうかと釣書が来ていた」

次の瞬間、二人を見てニヤニヤと面白そうに笑い出す国王に、フェリクスはエミーリア嬢との仲を父が勘ぐっているのだと気づく。

(俺が気に入っているという噂は的が外れている訳でもない。相変わらず勘の良い人だ……)

「えっ」

だが突然自分の名前が出たことに驚いたのか、小さく声を上げてしまったエミーリアは咄嗟に口を塞いでいる。

一瞬後ろを振り向いてそれを確認すると、エミーリアは思いがけず真っ赤な顔をしていて、その様子に照れているのかと思うと、少しだけ気分が高揚してしまった。だがそんな二人の様子を楽しそうに見ている国王の様子に、フェリクスは慌てて顔を引き締める。

「まあそれだけでなく、釣書はこれだけ来ている。立太子がいやならば国内で縁談をまとめて、国民と貴族達と、何より私を安心させてくれ」

にっこりと笑うと、エリウスは最後にお茶を飲み干して立ち上がる。

「エミーリア嬢、ありがとう。美味しいお茶だった。それでは執務の最中邪魔をしたな。どの縁談を受けるか決まれば、近日中に知らせてくれ」

国王はにこやかにエミーリアに礼を言い、部屋を出ていく。その背を見送りながら、フェリクスは密かに一つの決断をしていたのだった。

第六章　婚約から始まる溺愛生活？

（お父様、本当に信じられない。この期に及んで私をフェリクス様のお相手候補として釣書を送りつけるなんて……）

父親の図々しさに恥ずかしくなる。頬に熱がこみ上げるのを堪えて、エミーリアは国王を執務室の外まで見送ると、いったん部屋に戻ってきた。

（でもよかった。陛下自ら、フェリクス様を国外に出さないと判断してくださって。フェリクス様は仕事も出来るし自慢の上司だし。このままヴァールブルグにいてくださると、私も嬉しい）

国王と王子との会話などという希少なものに臨席して話を聞いたエミーリアだが、厚顔無恥な父によって自分がフェリクスの婚約者候補に入っていたことはいったん無視して、フェリクスが今後王宮に留まることで、自分の職場が継続される可能性が高いことに安堵する。

（こんな貴重な、ホワイト職場は是非維持してもらって、私を長い間雇用してもらいたい）

そんなことを考えながら、執務室に戻ったエミーリアはフェリクスに話しかけた。

「皆様を呼び戻しましょうか」

いったん部屋を出ていったフェリクスの補佐官たちは、多分食堂で待っているだろう。だが彼は首を横に振った。

「いやその前に、個人的にエミーリアに話したいことがある」

彼の真剣な顔にエミーリアは首を傾げつつ、お茶を淹れてもう一度フェリクスの前に置くと、彼に言われるまま向かいのソファーに座った。

「先ほどの話、エミーリアは聞いていたな」

その言葉に、エミーリアは頷く。

「はい。国王陛下より、フェリクス様が立太子されるか、さもなければ国内で縁談をまとめるように、というお話でしたよね」

そう答えた瞬間、何故かフェリクスが手を伸ばし、エミーリアの手をそっと握りしめた。その手の温かさと真剣な表情に思わずドキリとする。

「……あの」

「俺は立太子を望んでいない。だが結婚するのであれば、そういった気持ちがある相手ではないとしたくないとも思っている」

エミーリアはこくこくと頷く。結婚は好きな人としたい。確かにそれはそうだろう。しかしそういっても彼はこの国の第一王子だ。二十代後半という年齢は適齢期で、前回の婚約があのような形になったのなら、少しでも早く次の婚約を整えるべきだ。国王から縁談話をされても当然のことだろう。

「――そこでだ」

フェリクスは、エミーリアの手を握りしめたまま、じっと彼女の目を見つめる。

「……エミーリア嬢、俺と結婚してくれないか」

「……へ？」

思わず変な声を上げそうになって、何とか一声漏れただけで抑え込んだ。

「ど、ど、どういうことですか？」

「突然ですまない。つまり……俺は結婚したい相手としか結婚したくない。……そういうことだ。若干時期尚早ではあるかもしれないが……」

（……そういうこと？）

真剣な口調の割に、少しだけ目線を逸らしているフェリクスを見て、エミーリアはあえて彼が口にしない言葉の意味を考える。

（出《い》でよ、社畜の推察力！）

『一歩先回りをして、営業先や上司の考えを想定して行動する。営業の基本だ』

かつての上司のイケボが脳内に再生される。エミーリアは必死にぐるぐると頭を回して、彼の気持ちを想像した。

（フェリクス様は立太子を望んでいない。そうすると彼に残されたのはもう一つの選択肢、『国内で相手を見つけて結婚する』よりない）

次の瞬間、天啓が降りてきたようにエミーリアは気づいてしまった。

（そうか、本来なら結婚は本当に好きな人としたい。けれど今はそんなことを言っている猶予がない。だから私に結婚を申し込んだんだ！）

そこまで考えて納得した。確かにデボラ嬢や、他の貴族令嬢相手では本当に結婚しなければいけなくなるだろう。でも彼は、好きな人と結婚したい。今は婚約破棄して帰国したばかりで、好きな人がいるわけでもないから『時期尚早だと』と言っていたのだ。

（でも私なら、そのあたりを忖度《そんたく》した上で、名義上フェリクス様の婚約者になることができるってことか。……やっぱりフェリクス様は私を信頼してくださっているんだ）

元々乙女ゲームでは悪役令嬢という立場で社交界でも評判が悪く、そのうえ婚約が取り消しになった。侯爵家の体面なんてくそ食らえだ。そういう意味ではエミーリアは貴族としての体面を気にする必要もない。

何より尊敬できる上司に期待されている。そう思うとエミーリアはぐっと胸が熱くなる。あんな劣悪な家庭環境から、寮付きのこんな素晴らしい職場環境《ホワイトな》を与えてくれた人だ。

（私、フェリクス様の恩に報いたい！）

「どう……だろうか」

長い睫毛を伏せ、不安そうに尋ねるフェリクスの様子に、エミーリアはドンと胸を叩いて鼻息荒く宣言する。

「かしこまりました。心配しないでください。その婚約、エミーリアがお引き受けしましょう」

ニッと笑顔を見せると、彼は一瞬、ホッとしたような顔とも、エッというような戸惑いの表情ともつかない、なんとも不思議そうな顔をした。

「エミーリア……あの、その、そんなに即座に結論を出して、本当にいいのか？」

なんかちょっと予想していたのと違う、とでも言いたげな困惑の表情なのが気にならなくはないが、エミーリアは彼の目をしっかりと見た。

「はい、恐れ多いですが、私がフェリクス様の婚約者としてお傍におりますので、安心してくださいませ」

力強く頷くと、彼は戸惑いつつもエミーリアの勢いに押されたかのように頷き返した。

「あ、ありがとう。それではエミーリアが婚約の申し入れを受け入れてくれた、と陛下に申し上げておく」

「でも……本当に私でよかったんですか？」

ふと不安になる。エミーリアは悪役令嬢だ。仮とはいえ王子の婚約者にふさわしくなんてない。その言葉に彼は柔らかく微笑む。

「ああ。俺の知っているエミーリアは、仕事に対して真摯で誠実でまっすぐな信頼の置ける人だ。そして貴女の周りの人達も、それを理解している。陛下もわざわざ貴女の名前を挙げたのは、俺と同じ考えだからだ。それに貴女のことは俺が守る。だから安心して欲しい」

そう言われてエミーリアの肩から力が抜けた。一瞬だけ『俺が守る』という言葉に胸がきゅんとしてしまったのは全力で無視する。

フェリクスはエミーリアが納得したのを確認し、そろりと立ち上がる。だがエミーリアは次の瞬間、彼の袖を掴んで国王の下に向かおうとする彼を止めた。

「あの……大変恥ずかしいんですが、一つだけ……一つだけフェリクス様にお願いしたいことが」

情けないことを話さないといけないと気づいたエミーリアは、恥ずかしい気持ちに顔を赤くしながら言うと、彼はなんだか嬉しそうにエミーリアを見つめて、優しい笑顔を浮かべた。

「ああ。婚約者となった貴女の望むことだったら、未来の夫となる俺が何でも叶《かな》えよう」

「……ありがとうございます。あの……ハイトラー侯爵が、父が出過ぎた真似《まね》をしないように、きっちりと手綱を引いていただけると助かります。私との婚約で図々しい振る舞いをしないように」

その言葉に彼はきょとんとして、次の瞬間、額に手を当てて空を仰ぎ見る。

「ああ、そういう意味のおねだりか」

(おねだり?)

何を言っているのだろうとエミーリアが首を傾げるが、勘の良い有能な上司は一瞬ですべてを悟ったかのように、しっかり頷いたのだった。

「……わかった。その件については配慮しておこう」

◇◇◇

そして隣国で皇太女の婿になりそこね、出戻ってきた第一王子フェリクスが、悪名高いハイトラー侯爵令嬢エミーリアと婚約する予定だと発表され、社交界は騒然とした。

ちなみにエミーリアのところには父ハイトラー侯爵から矢のように手紙が届いているが、彼女は完全に無視している。

(フェリクス様との婚約で、自分の立場が良くなるって勘違いしているんだろうけど、それは違うから！　そもそもこの婚約は便宜上のものだし！)

エミーリアは単にフェリクスのいわば盾として婚約を引き受けただけで、本当に結婚するつもりもない。だがそう気づかれる訳にもいかないため、それらしい格好を取り繕う必要がある。

(まあ仕事の時は、公私混同しないということで、今まで通りの対応で済んでいるから、ややこしくなくていいのだけど……)

「……リア、エミーリア?」

ハッと目の前の男性に意識を戻す。愁いを帯びた表情、紫色の瞳がじっと自分を見ていることに、じわりと頬に熱が込み上げて来た。

(私の仮の婚約者様、無駄に美人すぎない?)

今日はフェリクスがエミーリアの部屋に訪ねてきている。さりげなくエミーリアの膝には、ヤマトが鎮座していて、王子の話を聞き漏らしていたエミーリアを、何やってんだよ、という顔で見上げている。

「は、はい、何でしょうか。フェリクス様」

「いや陛下から、エミーリアを婚約者としてエスコートして、社交に出るようにと言われているんだ。いわばお披露目《ひろめ》だな。宝飾品はこちらで用意するし新しいドレスも仕立てる必要がある。好きなドレスメーカーなどがあれば、貴女の好みを考慮するが……どうだ？」

まるで恋人同士のような会話に、エミーリアは何だか少し照れてしまった。

（アーレントとは、こういう会話したことなかったし……）

フェリクスとは契約婚約のようなものだと認識している。それなのにこれだけ丁寧に対応してもらって、なんだか申し訳ないくらいだ。

「いえ、あの。そんなご迷惑を……」

咄嗟に声を上げると、彼はそっとエミーリアの手を取った。

「迷惑なんてことはない。それにお披露目となれば、二人でそろいの衣装を作るのが一般的だ。もちろん婚約式の準備もあるから、一緒にオーダーする必要がある」

「ですが、私にそんなお金は……」

実家の父に言えば喜んでお金を出すと言うだろう。だがお金を出してもらうことで、口出しされてはたまらない。

「……王家の婚約だ。費用などはこちらで持つから心配ない。それに……ハイトラー侯爵に余計な口出しをさせないと、エミーリアと約束したからな」

その言葉にホッとする。フェリクスはそっとエミーリアの頬に触れる。最近は人前でわざと婚約者らしい振る舞いをするフェリクスだが、ここでは侍女さえ遠ざけて二人きりだ。忘れようと思っていても、こんな雰囲気だと、あの夜のことを思い出してついドキドキしてしまうのだ。思わず視線を落とすと、彼が小さく溜め息を漏らした。

「すまない。王室主催のパーティに参加するよう、時間の都合をつけて欲しい」

手を離したフェリクスの言葉に、エミーリアは頷く。

「はい、かしこまりました。エスコート、よろしくお願いします」

その言葉に、フェリクスは立ち上がる。

「それでは……お休み」

部屋の出口まで見送りに来たエミーリアの頬を再び指先で撫で、彼は愛おしげに微笑む。エミーリアへ触れている反対側の頬にキスをした。切なげな彼の瞬《まばた》き一つに、心臓がドキンと高鳴る。けれど彼の奥でエミーリアの部屋を片付けるために控えていたらしい侍女達が、キラキラとした目をしてこちらを見ているのに気づき、エミーリアは咄嗟に悟る。

（そうか、周りから横槍《よこやり》が入らないように、恋人らしく振る舞う必要があるってことね）

侍女達の噂による影響は実は絶大だ。状況を理解したエミーリアは、頬に触れているフェリクスの手に、自らの手を重ねて、恥ずかしげに微笑む。

「ありがとうございます。フェリクス様もごゆっくりお休みください」

じっと見つめると彼は微かに目元を赤くして、最後名残惜しいというようにエミーリアの髪を撫で、目を細めて彼女を見る。最後に一房持ち上げた毛先にキスを落として彼女の前から立ち去っていく。

(も、もう……フェリクス様って、本当に演技派なんだからっ)

次から次にされる思いがけない彼の行動に、心臓をドキドキさせながら、その姿を見送る。冷静になれと自分に言い聞かせつつも、イケメンの甘い仕草のラッシュにノックアウト寸前だ。

「悪役令嬢、隠しキャラの王子ルート選択って感じかな?」

侍女に見送りを頼み、ぼうっとしながら一人部屋に戻ってきてソファーに座ると、黒猫ヤマトに突っ込まれ、エミーリアはハッと冷静さを取り戻す。

「だ、大丈夫よ。これもそれもフェリクス様の演技だって、ちゃんとわかってるから!」

「ふーん、そうなんだ。まあ人生は一つ一つが大切な選択肢だからね。よく考えて選ぶんだね」

ヤマトは本当にわかってんのかな〜というしたり顔でエミーリアを見た後、ぐうっと背筋を伸ばし、それからソファーにおかれたお気に入りのクッションをふみふみしてならしていく。ぼーっとしているエミーリアの横で、良い感じの寝床を作るとぐるりと丸くなった。金色の目を細めて、じきにくぅくぅと寝息を立て始める。エミーリアは猫の小さな額を人差し指で撫でて、心の中で呟く。

(わかっているわよ。そんなこと……猫に言われなくたって)

◇◇◇

そして予定通り二人は、王宮主催のパーティに参加することになった。王宮の控え室では、王子付の侍女達が明るい表情を浮かべて、エミーリアの衣装の準備をしてくれている。

「この間いただいたお菓子、とても美味しかったです。エミーリア様、いつもお気遣いいただきましてありがとうございます」

王子の婚約者となったことで、王宮からエミーリア専用に侍女が派遣されるようになった。部屋も王子が生活するエリアに近いゲストルームが用意されている。以前の寮に比べると圧倒的に広く豪華な部屋だ。

（こんなに待遇が良くなっていいのかな……）

と心配にもなったが、フェリクスが頻繁に訪ねてくるようになったし、警備などの関係もあると言われれば当然のことなのかもしれない。

とはいえポッと出の第一王子の婚約者だ。味方はいくらでもいた方がいい。ということで、早速若い女性を中心に侍女を選び、ティータイムにお夜食にと、美味しい物を差し入れすることで懐柔を図っている。もちろん常にねぎらいの言葉は欠かさない。

（実際、周りの世話をしてくれる人達が気持ちよく働いてくれたら、環境が整うし良いことだらけ。私がしてもらって嬉しかったことは、きっと私の下で働く皆も嬉しいはず）

最初は自分の生活向上のために行っていたのだが、王宮の侍女達の横の繋がりで、エミーリアが気遣いのできる良い王子妃になりそうだ、と既に王宮内で評価が上がっていることは、さすがの彼女もまだ理解していない。

とにかく侍女達の気合いが入った支度の甲斐《かい》もあり、訪ねてきたフェリクスは、エミーリアの紫色のドレス姿を見てアメジストのような美しい目を見開く。次の瞬間、その姿を愛《め》でるように機嫌の良い猫みたいに目を細めた。

「エミーリア、とても綺麗だ」

微かに上気した顔で告げられた言葉にドキリとしてしまう。最近は二言目には『これは契約婚約だから！』と自分に言い聞かせていないと、つい気持ちを彼に持って行かれそうで不安だ。

「あ、ありがとう、ございます」

紫色の衣装は婚約直後に準備したおそろいの物だ。

(褒めてもらっておいてなんですが、フェリクス様の方がずっと綺麗だと思います……)

艶々の銀髪、艶然さと高貴さを併せ持つ紫色の瞳。手足がすらっと長くてそれでいてしっかりと筋肉もついている均整の取れた体。深い紫色の衣装には繊細に銀の刺繍《ししゅう》が入っており、その豪華な衣装に負けない美貌だ。そして今日のために用意した彼の宝飾品はすべて緑で、エミーリアの瞳の色とおそろいなのだ。その上……。

「婚約の証として、指輪を持ってきた。つけてもらえないか？」

彼の言葉に、控えていた侍女達がきゃ――――っと声にならない悲鳴を上げている。だがエミーリアはふと左の薬指につけた母の形見の指輪を見て、不安な気持ちになる。

（この世界でも、婚約指輪は左手の薬指にするけど、やっぱりこれを外さないとだめだよね……）

本当の婚約だったら、エミーリアが幸せになるためだったらと亡き母も納得してくれた気がする。けれど二人の関係はそんなものではないのだ。

「手を出して……」

瞬間、アーレントに無理矢理指輪を外された時のことを思い出して、思わずぎゅっと堅く目を瞑《つぶ》ってしまった。けれど彼は、今つけている指輪を外すことなく、そのまま新しい指輪を差し入れる。何が起きているのかわからなくてエミーリアが目を開けると、母の形見の指輪を囲むように流線型にデザインされた紫色の石のついた指輪が薬指につけられていた。サイドに大きなアメジストの石もついているが、元の指輪に合わせたように、まるで二つの指輪が一つの豪奢な指輪のようだ。

「……これって」

思わずパッと顔を上げて彼の目を見つめる。

「もともとつけていた指輪は、貴女の母上が遺した大切なものなのだろう？　ずっと貴女の心を守ってきたものだ。だったら俺が贈る指輪は、貴女の母と共に俺も貴女を守りたい、という気持ちが伝わるデザインにしたかったんだ」

指輪と同じ、高貴な紫水晶の目を細めてフェリクスが笑う。その表情が本当に優しくて、ぎゅっと胸が締め付けられて苦しい。

じわっと涙がこみ上げてしまいそうになり、慌てて笑顔を浮かべる。

「ありがとうございます。本当に……本当に嬉しいです」

じっと指輪を見つめて言葉にする。

(例えば本当に好きな人に、こんな風に婚約指輪をもらったら、どれだけ幸せだろう……)

ついそう思ってしまう。ずっとないがしろにしてきた乙女心に彼の優しさが突き刺さって、嬉しいのに切なくて、なんだか苦しい。堪えきれずに目の縁に溜まる涙に気づいて、フェリクスはそっとハンカチでその涙を押えてくれた。

二人の様子に、侍女達がまたしても声にならない悲鳴を上げている。少し興奮したような空気に、エミーリアはハッと意識を目の前の状況に戻す。

(きっと悪役令嬢エミーリアの評判はともかく、熱愛中の二人、って印象はたっぷりついたよね)

今日も彼の為にパーティ会場で頑張ろう。心に決めてエスコートしてくれる彼へと手を伸ばす。

「そろそろ……参りましょうか」

フェリクスが手を取ってくれる。そして二人でパーティの会場に向かった。


「フェリクス殿下、本当にエミーリア様と婚約されたのね……」

二人が会場に登場すると、遠巻きにした貴族達がなにやら噂話に興じている様子が見て取れる。

（やっぱり……そうなるよね）

ほんの数ヶ月前、アーレントからの婚約破棄騒動があって、婚約を続行させるために国王から婚約の承認を受ける予定が、婚約者アーレントがエミーリアに暴力を振るい、下町での残虐な行為がジェラルドに暴露され、婚約話自体がなくなった。

その場でフェリクスがエミーリアを王子付の補佐官にという希望をだし、それから数ヶ月後、エミーリアはフェリクスの婚約者となったのだ。

（そりゃあ、話題の人物過ぎて、噂ぐらいしたくなるよね）

理性でわかっていても、大人数からの一斉に届く視線に心が締め付けられるような気持ちになる。

だがフェリクスは緊張するエミーリアをエスコートしたまま、ホールにいた貴族達に向かって声を上げる。

「私フェリクス・アウル・ラ・ヴァールブルグと、ハイトラー侯爵令嬢エミーリア嬢との婚約が、この度相成った。皆の祝福を得られればと考えている」

フェリクスの堂々としている様子と、エミーリアを見つめる優しい目を見ると、どうやら王子が気に入ってエミーリアを望んだのだ、と言うことが周りにも伝わったようだ。

「エミーリア嬢、おめでとうございます」

最初に近づいて来てお祝いを言ってくれるのは、アルフリードをはじめとした、フェリクス王子付の補佐官のメンバーだ。独身が多いので今日のパーティにも皆参加している。

「フェリクス様。それにエミーリア、おめでとうございます」

次に来たのはジェラルドだ。何と驚いたことにアンジェリカをエスコートしている。

「エミーリア様、おめでとうございます」

しかもあの婚約破棄の時のエミーリアの対応が悪くなかったのだろう、乙女ゲームヒロインのアンジェリカは屈託のない明るい笑顔で、エミーリアにお祝いを言ってくれる。次の瞬間、エミーリアはアッと声を上げそうになった。

(今アンジェリカが着ている衣装。これ、悪役令嬢エミーリアが燃やそうとして失敗して処刑される原因になったドレスだ……)

それを見た瞬間、安堵に全身から力が抜けそうになる。それは完全にエミーリアが悪役令嬢としてのルートを脱したことの証明のように思えたからだ。

「アンジェリカ様……とっても、とってもそのドレス、お似合いです」

掠れ声でなんとか伝える。そうか、あのドレスはこんな風に仕上がるはずだったんだ。とても愛らしくて乙女ゲームのヒロインが身につけるに相応しいドレスだ。

「ありがとうございます。でもエミーリア様の方が何百倍も素敵です。フェリクス殿下とおそろいなんですね。幸せそうで本当に羨ましいです」

アンジェリカはジェラルドを見あげて小さく笑う。すると彼女をエスコートしているジェラルドは、見たことがないほど目尻を下げまくって嬉しそうに彼女に微笑み返している。

（そ、そっか。このアンジェリカは『騎士団長ルート』を選んだんだ。そうか。よかった……。ジェラルドは誠実だし格好《かっこ》いいし、頼り甲斐があるし、筋肉もあるしイイ男だよね！）

他のルートのヒーローとは出会っていないエミーリアにとって、ジェラルドは一番親しい関係にある乙女ゲームのヒーローだ。その彼の嬉しそうな様子に、思わずほっこりしてしまう。

「叔父様、幸せそうでよかったです」

心からそう告げると、ジェラルドは顔をじわっと赤くして照れた顔をしつつも、誠実に答える。

「あ、ああ。こうなったきっかけはお前なんだ。アンジェリカはずっとエミーリアのことを心配してくれてどうしているかと、俺に声を掛けてくれたのだ……」

「エミーリア様のお陰で、こんな素敵な方に交際を申し込んでいただけて、私とても幸せなんです。……ですからお似合いの婚約者となられたお二人に、私たちもあやかれるといいのですけど」

小さな声でジェラルドの袖を引きつつ、恥ずかしそうに言うアンジェリカが可愛すぎる。勢いでこのままプロポーズしてしまいそうなジェラルドが幸福そうで、それを見ているエミーリアもニコニコの笑顔になってしまった。

「そんな風に言っていただけて、ありがとうございます」

エミーリアはお礼を言いつつも、なんだか照れてしまってフェリクスを見上げる。するとずっとエミーリアを見ていたらしい、優しい目をしたフェリクスに柔らかく微笑み返される。その事実にまた胸がぎゅっとして、心がふわふわする。

永美だった昔に経験した甘い気持ちに気づいても、けして認めないようにして、エミーリアは目の前の『騎士団長ルート』の二人を見つめた。

改めて焼失したはずのドレスを着たアンジェリカと、お互いにお祝いを言い合っている関係が不思議に思える。だからこそ悪役令嬢として処刑される未来線が完全に消滅したのだと確信できた。

孤独だったエミーリアは、今、彼女を認めて一緒に働く仕事仲間と、叔父とアンジェリカに囲まれて、そしてフェリクスが温かい目で見ていてくれることに、心からホッとしている自分に気づいたのだった。


そのままフェリクスと二人で貴族達に挨拶をしていると、カルネウスの大使がやってきた。

(カルネウスとは色々あっただろうから……ちょっと席を外した方がいいかな)

そう考え、『いったん支度部屋に戻る』とフェリクスに声を掛けると、彼もエミーリアの気遣いを察して、後で迎えに行くと答え、大使とソファーに座り込み、何やら会話を始めた。

エミーリアが一人で会場を抜けて支度部屋に向かおうとすると、突然一人の女性に背後から声を掛けられた。

「エミーリア嬢?」

はっと足を止めて振り返ると、そこに居たのは漆黒の髪に真っ青な目をした美しい女性だった。

「ベルティエ公爵令嬢デボラ様……」

そこに立っていたのは、ヴァールブルグ王国宰相の娘だ。

「少し、お話をしたくてお声がけいたしましたの。お時間、よろしいかしら?」

お人形のように美しい女性は、エミーリアより何歳か年上だが、小柄で愛らしい顔立ちをしているため、年齢よりは下に見える。

(今まで社交界で話したこともないのに……。公爵令嬢が、私になんの用事だろう……)

エミーリアはそれを不思議に思いながらも、彼女の招きを受けて、公爵の支度部屋に向かった。


公爵用の支度部屋では侍女がお茶を淹れてくれた。侍女の名はハンナと言うらしい。笑顔で「ハンナ、美味しいお茶ありがとう」と礼を言うと、彼女は褒められたことに驚いた顔をした。

(ところでデボラ嬢は一体何の用で私を誘ったんだろう)

エミーリアは突然デボラに声を掛けられた理由について一人思案している。

(……多分、フェリクス様との婚約について、だよね)

確か宰相が釣書を持ってきていた、と国王から聞いたような気がする。と考えているとデボラが話し掛けてくる。

「エミーリア嬢と、個人的にお話するのは初めてよね」

「はい、そうです。お声がけいただきまして、ありがとうございます」

まずは丁寧にお礼を言っておくほうがいいだろう。だが彼女はじーっとエミーリアを見て、それから溜め息をついた。

「ねえ。貴女の目的は何？　フェリクス様と婚約しても、貴女じゃ王妃にはなれないわよ」

いきなり投げつけられた言葉に絶句してしまった。この人はエミーリアが王妃になろうとしているのだと一方的に決めつけたのだ。

「そもそも私が王妃なんておこがましいです……」

フェリクス自身が国王になることを望んでないのに、なんでエミーリアがそんなことを望むのだろうか。そう言い切ってしまいたかったが、それをこの人に言って良いのかどうか迷って、あえてそこまでのことを言わなかった。

「もちろんそれはそうよ。貴女と結婚してもフェリクス様は国王はおろか、王太子にすらなれないでしょうね。所詮貴女は侯爵令嬢といってもその中で一番弱くて小さいハイトラー出身ですし、母親は財力などとは縁遠い武官を輩出している領地すらない王都住まいの伯爵家の出身でしたし。フェリクス様の出自の弱さを補強することもできないでしょう？」

ふんっと鼻息荒い様子は、こう言ってはなんだが、彼女が悪役令嬢みたいだ。

「……はあ」

なるほど。フェリクスは自分が国王にならないという意志を見せつけるためにも、エミーリアを婚約者にすることにはメリットがあったのか。有能で無駄のない彼らしい判断だったのだと思わず納得してしまった。

「私なら代々宰相をしているベルティエ公爵家の娘だし、母親は前国王の妹の子。貴女より由緒正しく、力もあるわ。だから私と結婚すれば、王子は母方の下賤の血を薄めることが出来る」

つまりデボラは、権力も血筋も兼ね備えた自分が、彼の婚約者となれば平民の母にもつ彼を王位に押し上げられるから、彼のために自分が選ばれるべきだと言っているのだ。

(フェリクス様が国王になりたい、と考えるのだったら、確かに彼女を選んだ方が良いけれど……)

王太子として立太子するか、国内で婚約を整えることの二択で、後者を選択したのだから……。

「……第二王子が立太子する事をフェリクス様が望んでいるとしたら、その前提は変わりますよね」

エミーリアがそう尋ねると、デボラはムッとした顔をする。

「王家に生まれて、王位を望まないなんてことあり得ないわ。彼は自分の血統に劣等感を持っているから、王位を求めてないような顔をしているの。でもね、彼は諦めるんじゃなくて、その劣等感を解消できる妻を選ぶべきだと思わない?」

「……デボラ嬢は私に何のお話をされたいのでしょうか?」

聞かないまでも彼女の主張はわかるが、このままだと埒《らち》があかないので、直接尋ねてみた。

すると彼女は感情の発露にカッと顔を赤くして、エミーリアに言い放つ。

「世間からの評判が悪く、美しくもなく性格の悪い、その上婚約を破棄された傷物の侯爵令嬢が、第一王子フェリクス様の婚約者など、申し出をお受けすること自体大変に失礼なことなの。今すぐ辞退なさい。今ならベルティエ公爵家が貴女の実家に対しての補償もするわ」

人指し指を突きつけて言い放つ様子に、本人が言うほど高貴でも、品が良い令嬢でもないな～などと、日本人の永美の意識が思う。

「……あの、おっしゃりたいことはそれだけでしょうか？」

正直、実家の侯爵家がどうなろうと知ったことじゃない。それにこれを直接エミーリアに言ったからといってどうにかなるものだと思っているのだろうか。

それこそフェリクスと結婚したかったのなら彼女自身が彼にプレゼンでもしたらいいのだ。まあ面倒だからあえて言わないが。

「本当に生意気な女ね！」

そう言って彼女はカップを握ると、苛立ちに任せて、こちらに引っかけようとする。

「いいんですか？」

エミーリアが低く鋭く言った言葉に、一瞬彼女の手が止まる。

「このドレス、フェリクス様がご用意してくださった衣装で、つまりは王家からいただいたものです。それにお茶を掛けて汚すなんて愚かなことを、父上が宰相で、ベルティエ公爵令嬢であるデボラ様が、本当にされるおつもりですか？」

冷静に尋ねると、彼女は手を止めた。

次の瞬間、部屋に控えていたハンナに、室外から来た侍女が近寄り何かを伝える。ハンナがハッとして声を上げた。

「フェリクス王子殿下が、エミーリア様をお迎えにいらしています」

その言葉にギッと恐ろしい目でデボラがエミーリアを睨み付けた。手に持っているカップがブルブルと震えて、お茶が零れて令嬢の淡い色のドレスを汚しそうでヒヤヒヤする。

「……それでは、失礼いたします」

これ以上面倒事に巻き込まれたくなくて、エミーリアは笑顔でデボラに礼をして、迎えにきたフェリクスの元に向かったのだった。


「……大丈夫だったか？」

心配そうに尋ねられ、エミーリアは小さく苦笑を浮かべる。

「はい、どうやらフェリクス様の婚約者にはもっと相応しい人がいると仰りにいらしたらしく……」

エミーリアの言葉にフェリクスは顔を顰めた。

「すまない。俺のせいでエミーリアに嫌な思いをさせてしまった」

彼は深々と頭を下げてくれる。この国の第一王子だというのに、謙虚でエミーリアに対しても、他の人に対しても丁寧な対応をする人だ。

（きっとこの人が国王になれば、国も安泰だろうな……）

最近、仕事を兼ねて町に出て行くこともあるが、もともと貴族ではない永美が庶民の暮らしを見ると、懐かしさを感じると同時に、皆が幸せに暮らして行けたらな、と心から思う。比較的王都内は治安もいいし、そこまで酷い貧困層は居ないようだけれど、それでも家にお金が無くて身を売る子供だっていないわけじゃないのだ。

けれどフェリクスはそうした市井の暮らしにも気遣いのある政治を行う人だ。それがわかっているからこそ、平民の中には彼を国王にと期待する人が多い。

(もちろんフェリクス様の気持ちも大事だけど……)

正直、フェリクスが王位を求めないのは、もったいないと思う。だからデボラの言っていたこともあながち間違いではない。

(果たして私を婚約者にして、彼が王位継承から逃れることは本当に良いことなのかな……)

そう思いながら彼の言葉に答える。

「いえ、いろんな人が接触してくる可能性があると思っていたので……」

権力に群がる人間は多い。たとえ第二王子が優秀でも、まだ幼く王位を継げるのはどんなに早く見積もってもあと十年は欲しいところだろう。しかも先日の様子だと、国王自身、フェリクスに王位を継がせることに反対しているどころか、早く立太子してほしいとすら、思っている様子だった。そういった空気は周りにも伝わりやすい。

(周りの人達も、フェリクス様が不在だったことで、余計に彼の価値が高いことを理解したんだろう。それでもフェリクス様自身は立太子されることを望んでないみたいだったから……)

どんなに他人が羨ましいと思う地位でも、その地位に対する責任も生じるし、それを望まない人がいて当然だ。エミーリアはいわば盾として婚約を引き受けたのだ。そんな彼女の決意を知っているように、フェリクスは愛し合っている婚約者のように彼女に微笑みかけた。

「本当にエミーリアは頼りになる。だが余計な干渉は避けたいな……そうだ」

フェリクスはパッと表情を明るくすると、何か思いついたらしく、くつくつと楽しげに笑う。

「横槍が入れられないほど、俺たちが仲良くしたらいいんじゃないか？」

花が綻ぶような笑みに、エミーリアは思わず目を瞬かせてしまった。

「え？」

「人目の多いところで一緒に踊ろう」

そう言うと彼はエミーリアを誘ってホールに戻る。二人がホールに来るだけで、再び注目が集まるのを感じる。一瞬鋭い視線を感じてそちらを見ると、ベルティエ公爵と目が合い、目を細め笑顔を向けられて、そのギャップにゾッとする。

（やっぱりこの宰相閣下、好きになれない……）

国王に次いで王国で二番目の権力を持つ男だと言われているが、前宰相に比べ、一番欠けているのは王家と王国に対する忠誠心だろうとエミーリアは思う。

「エミーリア……」

優しい声でフェリクスに話し掛けられて、エミーリアはハッと目の前の彼に意識を戻す。

「……音楽を」

騒然としていたホールで彼が声を掛けると、再び緩やかに音楽が流れ始める。

「……私、ダンスなんて……下手で」

エミーリアはダンスを行儀作法の一環としてきちんと習っている。けれど永美はダンスなんて踊ったことがない。周りから注目を集めているし、不安でついそう呟くと、彼は小さく笑う。

「俺も小さな頃ダンスは苦手だった。自分がこんな風に踊ることなんて、その頃は想像してなかったから……」

彼の言葉にエミーリアは目を見開く。ヴァールブルグの第一王子がダンスを踊ることを想像できないとはどういう意味だろう。けれど彼は言葉と相反して、優雅なステップを踏むと、エミーリアを軽やかにリードする。

(ダンスは男性のリードが大切って言うのは、どこで知った知識だっけ)

そんなことを考えながら、それでもエミーリアの体は音楽に合わせ華麗なステップを踏んでいる。同時に楽しい気持ちが湧き出してきた。

(そうか、エミーリアはダンス、得意だったんだ)

体が望むままさらに複雑なステップを踏むと、彼は一瞬眉を上げて、刹那小さく笑い声を上げた。

「下手なんて……よくも言ったな。だったら加減はナシだ」

きっとダンスが苦手といったエミーリアの言葉を信じていたのだろう。今まで抑えめだったスイングが振り子のように大きなものに変わり、彼を支えにしてエミーリアは大きくターンをして、ふわり

と彼の腕の中に戻ってくる。わぁ、というざわめきがどこかから聞こえたような気がした。

「……苦手なんて……よくも言いましたね」

くすりと笑って彼を見上げると、フェリクスはキラキラとした笑顔をしていた。今まで見たこともないような楽しそうな表情をしている彼を見て、ときめきで呼吸が乱れる。

「子供の頃はね。今は……あぁ、エミーリアと踊るのは楽しいな。今まで貴女がこんな素晴らしい踊り手だと知らなくて損をした。もっと早くダンスを申し込むべきだった」

まるで息の合ったダンスパートナーのように、自由奔放なエミーリアのダンスに彼はしっかりとついてきて、なおかつエミーリアが美しく楽しく踊れるようにしてくれる。

汗一つかかずにフェリクスは難しいステップを踏みながら、エミーリアを華麗にリードする。会場を縦横無尽に踊っていると、人々は次々足を止めて二人のダンスに見とれている。

楽しくて、そのまま二曲立て続けに踊ると、さすがに息が切れてきた。

最後ふわりと抱き上げたエミーリアを床に降ろすと、彼はこつんと額を合わせる。繋いだままの手を持ち上げ、弾んだ息でエミーリアの指先にキスをした。

「ありがとう、最高に楽しかったよ」

瞬間、辺りからわぁっと歓声が上がる。ハッと気づいて周りを見渡すと、他の人達は完全にダンスを止めてエミーリア達の踊りを見ていたらしい。

「あの……」

「ふむ。目的達成だな。……エミーリア、おいで。疲れただろう？」

フェリクスは微かに弾む息でそう言うと、腰を抱くようにしてホールの中央から端に移動する。そうして歩けば間違いなく熱愛中のカップルのようにみえるだろう。ホールから離れる彼が、軽く後ろ手を振ったのを確認すると止まっていた演奏が再び始まる。

「すごい……フェリクス様が踊るのなんて何年ぶりに見たかしら」

「相変わらずお上手ね。それに……エミーリア様もそれに負けず劣らず素敵なダンスだったわ」

「補佐官としても、とても優秀なんでしょう？　ほら、秀才と評判のササビー侯嫡男のアルフリード様が、エミーリア様の執務能力や交渉術をすごく褒めていらしたって」

「そうそう、しかも王宮騎士団にいる従兄弟から話を聞いたのですけど、エミーリア様って偉ぶらなくて、きさくで感じの良い方なんですって」

「そういえば、国王陛下もエミーリア嬢との縁談に後押しされたとか……」

今までの悪評はなんだったのだろう。たった一回のダンスでパタパタと色が変わるオセロのようにエミーリアの評判は悪い方向から一気に良く変化したらしい。

（人なんてそういうものだとはいえ……やっぱり世間の目が変わったのは、フェリクス様のお陰かな）

形だけの婚約なのだが、傍から見たらとても大切にしてもらっているように見えるだろう。王位継承権一位の王子からの厚遇は、機を見るに敏な貴族達の意識を変えるだけの力がある。

エミーリアがそんなことを考えていると、彼は喉が渇いただろうと、カクテルを取って渡してくれた。エミーリアは弾んだ息のまま一気に飲み干してしまった。

「あぁ、美味しいです」

ざわざわと騒がしいホールで、聞き取りやすいように耳元で囁くと、彼もエミーリアに顔を寄せる。

「少し人の少ないところに行って、休憩するか？　それとも少し早めだが目的は達成したし、部屋に戻ることにするか？」

だがその時。

「フェリクス殿下」

わざわざ向こうから近づいてくる壮年の男性がいた。

「……ベルティエ公爵」

それは先ほどエミーリアに絡んできたデボラの父親だ。

「どうかしましたか？」

柔和な笑顔を見せているくせに、目が蛇のように温度がない。近くで宰相本人と会話をしたことのないエミーリアは彼の笑顔に背筋が寒くなるような感じを覚えた。

「いえ、先ほど娘がエミーリア嬢と一緒にいたと聞いて……姿が見えないのですが、ご存じありませんか？」

エミーリアが答えようとすると、そっとフェリクスが腰に回した手に力が入り、エミーリアは咄嗟に返事をするのをやめる。

「ああ、公爵の控え室でエミーリアはデボラ嬢と少しお話したようですが……私が彼女を部屋まで迎えに行ったので、その後はどうされているかまではわからないな」

にっこりと笑ってフェリクスが言うと、宰相は一瞬言葉に詰まる。

「なるほど、控え室の入り口までフェリクス殿下がお迎えに……わかりました。それでは控え室の方に確認してまいります。くだらない用事でお声がけしてすみませんでした」

ベルティエの返事を聞きながら、フェリクスはさりげなくエミーリアの左手を取り、弄ぶかのように自らの唇に寄せる。婚約指輪の嵌まった左手の薬指をベルティエに見せつけるようにしたのは、多分けん制なのだろう。

「……それでは失礼します」

それに視線を留《とど》めた後、ベルティエは優雅に一礼をして離れていく。

「……気が削《そ》がれたな。このまま部屋の方に戻ろうか」

エミーリアもなんとなく毒気に当たられたような気分だ。そういえば、今日は一日ずいぶん人の耳目を集めてしまった気がする。人の視線というのはずいぶんとストレスが掛かるものだと妙に疲れている自分に気づいて、エミーリアは頷いた。

「そうですね、そうしましょうか」

エミーリアの答えに、フェリクスは近くにいた侍従に声を掛け、静かにそこから出ていった。

第七章　二人だけの秘密の夜

「ゆっくりとエミーリアと話をしたいから、呼ぶまで次の間に出てもらっていいよ」

フェリクスはエミーリアの部屋まで一緒に戻ってくると、控えていた侍女達に言った。バルコニーにお酒とつまみの準備だけをしてもらい、侍女達は全員席を外した。

(何か内密な話でもしたいのかな……)

エミーリアはそう思いながら、彼の誘いを受けて月の下でお酒を酌み交わす。まだ宴はたけなわで、風に乗って音楽が途切れ途切れに聞こえてくる。何杯目かのグラスを片手に微かな調べに耳を傾けていると、自分が本当に異世界に来てしまったのだと実感する。

「社畜で一生終えるはずだったのになあ……」

既にパーティが始まってから飲み続けているせいで、体がふわふわとしている。すぐ下にある庭園からは良い花の香りが漂ってきて、余計に現実感をなくさせた。その上目の前に座る上司は、銀髪に紫色の瞳をした、極上の美男子だ。

「シャチク?」

「ふふふ、なんでもありません。目の保養ですね。贅沢《ぜいたく》な光景です」

不思議そうにしているフェリクスを見てエミーリアが笑うと、彼はなんとも言えない表情を浮かべた。現実感がなさ過ぎて手を伸ばし、彼の頬を指先で撫でると、フェリクスは目を細める。

「シャチクがなんだかわからないけれど、今は私の妻として一生隣に居てくれる決意をしてくれたんだろう？」

フェリクスの声が心地よい。思わず聞き惚《きほ》れてしまう。

「そうですね、それもいいですね」

本当の夫となるつもりもないくせに、と思いつつも適当に相づちを打っていると、彼は困ったように小さく笑った。

「貴女は、本当に不思議な人だな。こんなに欲しがられているのに、どうしてそんなに平然としているんだ？」

「欲しがるって、何を？」

彼はエミーリアの飲んでいるグラスを取り上げ、自分の瞳の色のようなお酒を一気に飲み干す。

「フェリクス様、ダメですよ、私のお酒なのに……」

唇を尖《とが》らせて膨れると、彼は触れるか触れないかぐらいの微妙な距離でエミーリアの唇を撫でた。鳥の羽根のようなタッチに、ゾワリと背筋が震える。

「さあ、俺は何を欲しがっているんだと思う？」

なんだかドキドキして、ふわふわする。フェリクスはもしかして自分のことを好きなのかもしれないと思ったり、まさかそんなことはない、と思ったり。心が常に落ち着かない。

一瞬何かを企《たくら》む笑顔でエミーリアに手を差し伸べてきたフェリクスの手に、エミーリアは無意識で自らのそれを重ねる。彼はそのまま彼女の手を引いて微かに聞こえる音楽にあわせてダンスを踊り始めた。先ほどのような激しいものではなく、体を添わせるようなゆったりとした動きだ。

自然と彼の肩に頭を載せるようにして、エミーリアはゆっくりとステップを踏む。腰を抱かれ、物憂げで甘いメロディを聞きながら踊っていると、ますます現実感がなくなっていく。

「……エミーリア、貴女は俺に秘密にしていることがあるだろう？」

悪戯《いたずら》っぽく耳元で囁かれて、彼の肩に頬をつけたまま、じっとその綺麗な唇の弧を描く姿に見とれてしまう。

「……ふふふ、そうですね。秘密は多分一杯ありますよ」

自分がこの世界では異質な存在なことも、元々悪役令嬢として排除されるはずだったことも。いや、それ以外にもゲームの世界で起きた全部を知っているのだから。

「そうか。実は俺にも秘密がある……」

くすりと笑うフェリクスについ見とれてしまった。

「秘密？　何がですか？」

「さあ、じゃあお互い秘密を打ち明けあおうか」

フェリクスの妖艶な紫色の瞳を見ていると魂ごと吸い込まれそうだ。

「俺が国王と平民女性の間に生まれた庶子だというのは、エミーリアも知っているだろう？」

エミーリアは頷く。あまりおおっぴらに話される事ではないが、みんな知っている事だろう。

「そのせいで、俺は幼い頃、王宮に出入りする一部の人間から虐げられていた」

彼の告白にエミーリアは思わず足を止めた。ふわふわしていた気持ちがすうっと冷静になる。

「虐げるって……第一王子を誰が……」

「そうだな。例えば王妃の実家ミュッセ公爵と王妃はまあ、心の中で何を思っているかはともかく、表向きは何もしない。だがその下の者達は勝手に上の気持ちを慮《おもんばか》って様々なことをしてきた」

踊るわけでもなく、立ったまま彼はじっとエミーリアの顔を見つめる。

「覚えているかな。……ちっちゃなエミィが昔、王宮に来たことがあるだろう？」

彼は笑ってエミーリアの手を引いて、バルコニーに置かれている椅子にエミーリアを座らせる。そして用意してあったお酒をグラスについだ。彼はそのグラスを手に、エミーリアに乾杯を促す。

「え？　ちいさなエミィ？」

「ああ。あの元気で潔い、小さなレディとの再会に乾杯」

彼はそう言うと、エミーリアが持ったグラスに自らのグラスの縁を触れさせた。薄い繊細なグラスのみが鳴らす、軽やかな音がしてエミーリアは彼の顔を見つめた。

「昔、庶子生まれの王子様がいてね。平民出身の母親が死んだ後、父親の国王のところには、公爵令嬢が王妃となるべく嫁いで来たんだ。けれど王妃の弟である公爵令息は、国王に庶子の第一王子がいるのが気にくわなくてね……。それで剣術訓練と称して王子を呼び出しては、今になって思えばまあまあ理不尽な暴力を振るっていた」

突然昔話のように始まった言葉に、エミーリアの脳裏に一つの光景が思い浮かぶ。綺麗な東屋の奥で、銀髪に紫色の瞳をした男の子がボロボロになっている姿を思い出し、目を軽く見開く。

「そんなある日、王宮の庭に紛れ込んできた小さな女の子がいたんだ。妙に威勢の良い子でね。まあ威勢が良すぎて迷子になっていたみたいなんだけどさ」

クスッと笑って、彼はエミーリアの左手を取り、そっと薬指にキスをする。

「その子がね、彼女の母上のものだった大切な指輪を見せてくれて、『お母さんはたった一人』って教えてくれたんだ。あの頃の俺は母親の血筋のせいで、自分の存在価値がないんだと、そう考えて母親を恨んでいたんだ」

刹那、泣きべそを掻いていた男の子の姿がフェリクスに重なった。

「あの……男の子が……フェリクス様、だったんですか」

「ああ、覚えていてくれたのか」

彼は照れたように笑うと、そっとエミーリアの熱くなった頬を撫でる。

「あの日、ちっちゃなエミィに会ったお陰で、俺の人生に気合いが入った。あの日から母親を否定するんじゃなくて、俺が大好きだった母親の存在ごと自分を認めて貰《もら》えるように頑張ろうと、考えるように変わったんだ」

彼は柔らかく目尻を撓《しな》らせて笑う。

「だからエミーリアは俺の恩人でもある……それが、俺の秘密。ああ、あんなにみっともなく泣いていたのも、世間には内緒にしておいてくれると助かる」

彼はもう一度悪戯っぽくクスッと微笑む。長い睫毛が揺れて、ほんの少し瞳が潤んだ気がした。びっくりしてしまって、思わず持っていたグラスのお酒を一気に飲み干す。

「あの……だとすると、あの時フェリクス様を苛めていたのは、次期ミュッセ公爵。ということは今の王宮近衛騎士団長ですか？」

意地悪そうな大人は、今は近衛騎士団のトップになっているはずだ。彼を含んだ王族を守るのが近衛騎士の仕事だ。大丈夫かと思って顔をじっと見上げると、彼は小さく苦笑した。

「ああ、今は頑張ったお陰で一応王族の一人として、きちんとした対応もしてもらえるようになった。別に仲良くする気もお互いないが、彼も職務に忠実な立派な大人になったのでね」

肩をすくめる彼の様子に、ほっと息を吐く。

「さて、じゃあ今度は貴女の秘密を教えてもらおうか。そもそも貴女の態度は侯爵令嬢だと思えないことだらけだからな」

面白そうな口調で尋ねられる。だが次期国王に一番近いところに居るフェリクスに、エミーリアだって不審な人間だと疑われたくもないのだ。

（それに……彼の秘密を知ったら、私も真実を打ち明けたい気分）

お酒に緩んだ理性は、欲望を優先する。もちろん彼にこの世界が乙女ゲームの世界だ、なんて言う気はない。展開が変わってしまったし、ゲーム上で持っている知識は何の役にも立たないし。

(ただ前世の記憶、事故に遭う日まで暮らしていた場所については……言ってもいいかな)

じっと見つめている彼の目は真剣で、エミーリアの真実を知りたいと伝えている。エミーリアは大きく息を吸った。

「私の秘密は……前世の記憶を持っていること、でしょうか」

突然の告白に、フェリクスは一瞬眉を微かに動かしたが、それ以上騒ぎ立てることはしなかった。

「今とは全然違う身分差のない世界で、朝から晩まで一生懸命仕事をしていました。仕事が好きだったんですけど、途中からは忙しすぎて……。疲れ切っていた時に事故に遭って……死んでしまいました。だからフェリクス様が不思議に思っていることは、その記憶のせいかもしれません」

そう話し始めたら、ずっと塞いでいた栓が抜けたみたいに、あれこれ話し始めてしまっていた。

「私、明日が三十歳の誕生日という日に、事故に遭って死んじゃったんです。三月の最後の日。こう、桜がひらひらって散る中。桜の花、もう一度見たいな～」

多分わからない言葉もたくさんあっただろう。それでも彼は時折質問を挟みつつも、エミーリアの言葉を止めずに聞いてくれた。

「そうか、三の月の最後の日に……それは怖い思いをしたな」

「永美という名前だったのか……」

「サクラというのは……どんな花なんだ？」

ふわふわして気持ちいいから、素直に桜の花について、日本人がどれだけ桜を愛しているか、どのようにその季節を楽しむかなど答える。一つ一つを彼は真剣に聞いてくれた。

「フェリクス様って、と〜っても親切ですよね。私、今までいろんな上司の下で働いて来ましたけど、フェリクス様が一番好き！」

そんな彼を見ていたら、胸の中に温かい物が込み上げて来て、そう言ってぎゅっと彼に抱き付くと、酔っ払いを宥《なだ》めるように、彼はトントンとエミーリアの背中を撫でた。

「そりゃ良かった。せっかくなら、上司としてではなく、恋人として好いてもらいたいんだが……」

呆れたような響きの声。

「え、なんですか？」

「この酔っ払いはっ……いいや、なんでもない」

「ブラック職場はダメですよ。やっぱりホワイトが最高です。働き甲斐ありますもん。つまりフェリクス様は私の最高の上司なので、どこにも行っちゃダメです！」

ヘラヘラと笑いながら立ち上がり、倒れ込むようにもう一度フェリクスに抱き付く。お酒を飲んで話しているうちに意識が遠くなっていった。

「まったく……この酔っ払いが。こんなに人なつっこくなるのなら、他の男とは飲むなよ？」

最後の記憶はふわりと抱き上げられた感覚。

「ああ、俺はどこにも行かないから……エミーリア、貴女こそどこにも行かないでくれ」

切なげなフェリクスの囁きと、頬にキスが降ってきたのを、エミーリアは最後まで気づかなかった。

◇◇◇

あれから半月後。

「ふーん、パーティーでそんなことがあったんだ」

ヤマトは定位置の膝の上で、とても猫っぽくゴロゴロと喉を鳴らしながら、声をあげる。

(というか喋る猫、相変わらずシュールだな……)

「シュールで悪かったな」

心の中で思っていることに気づいたらしい黒猫は、気分を害してエミーリアの膝から飛び降りた。

「ヤマト、ごめんって～」

謝るけれど、一度拗ねた猫はもうこっちに戻って来てはくれない。

「まあ、好きにしたらいいよ。どう生きるもエミーリアの人生だしね。万事が順調にいくとは限らないけど」

最後に捨《す》て台詞《ぜりふ》を吐いてそのまま姿を消してしまった。慌てて追いかけようとした時。

「エミーリア様、フェリクス殿下がいらっしゃいました」

侍女が声を掛けて入ってきた。

「わかったわ、今行きます」

今日は仕事を終えた後、湯浴《ゆあ》みをし少しだけドレスアップをしている。フェリクスから晩餐《ばんさん》に誘われているからだ。部屋を出ると、フェリクスが待っていて、婚約者らしくその手を取ると、彼は悪戯っぽく笑った。

「今日の食事は晩餐の間ではなくて、別の場所なんだ。……付き合ってくれるか？」

何だろうと思いつつ、彼に連れられて歩き始める。

「どうしたんですか、一体」

楽しそうな様子のフェリクスにそう尋ねると、彼は紫色の目を細めて笑う。到着したのは王子宮の中庭に併設された温室だった。

温室の扉を開けた途端、入った瞬間、エミーリアは声もなく立ちすくんでしまった。

扉と共に風が流れ込み、一斉に薄ピンク色の花びらが散る。

（桜の……花吹雪？）

それはまるで、日本に居たときに春ごとに見かけるあの風景を彷彿《ほうふつ》とさせた。よく見てみると、花は温室の中に何本も植わっている。あまり背の高くない樹木ではあったものの、花の形状や花びらの色はとても桜に似ていた。

そしていくつも灯《とも》されたランプに映し出されたその景色は、提灯《ちょうちん》に照らされた夜桜の光景のようだった。

「これ……」

掠れたような声がようやく出た。そんなエミーリアの様子に彼は嬉しそうに笑った。

「貴女の言っていた『サクラ』がどんな花かわからなかったのだけれど、カルネウスにある樹木の花が、それに似ているような気がして……」

彼は景色に目をやると小さく笑う。

「この間酔っていた時に、貴女がずっとサクラが見たいと言っていたから、蕾《つぼみ》をつけた木を取り寄せて、温室に植えたんだ。どう？　サクラに似ている？」

彼の言葉にエミーリアは頷いた。じわりと涙が浮かんできてしまう。

灯りに照らされた仄《ほの》かに桃色に色づいた花びらがひらひらと舞う様子は、懐かしい日本の春の風景を想起させた。もう帰れないのだ、とわかっていたからこそ、切なくて吐息すら震える。

呆然としているエミーリアを見て彼は彼女を温室の中に誘う。

「さあ、食事にしよう。今日は新年から四番目の月の最初の日だ。前世のエミの誕生日だろう？」

そう言われてこれが永美の誕生日のために、フェリクスが用意したのだと理解した。

「……ありがとうございます！」

自然と潤む瞳で、彼の目をじっと見つめてお礼を言う。

「さあ、座って」

椅子を引いてくれた席に腰掛けて、テーブルの上を見ると、そこには彼女が好きな物ばかりが並んでいる。

「これも全部、私のために用意してくださったんですか？」

エミーリアが感極まって尋ねると、フェリクスは彼女の目の縁に溜まった涙を指先で掬《すく》う。

「シャチクでブラックだったせいで、エミが祝いそびれた誕生日を、俺が代わりにしたいなって思っただけだ。貴女の秘密を知った俺には祝う権利があるだろう？　それに祝わない理由がない」

サプライズが成功して嬉しそうなフェリクスを見て、エミーリアも自然と笑顔を返していた。

彼はあの日酔っ払っていたエミーリアの話を一生懸命拾い集めて、そしてこんな形で前世の永美ができなかった三十歳の誕生日をしてくれようとしたのだ。その気持ちが本当に有り難くて。

（……もう。だめだよ、こんなことされたら本当に好きになっちゃうよ）

理想の上司で理想の恋人にも間違いなくなれる、こんなにも素敵な男性のこと、好きにならずにはいられない。

「フェリクス様、ありがとうございます」

感極まった気持ちが抑え込めず涙がボロボロ零れて、みっともない顔になっていそうだ。だけど彼は小さく笑って、ハンカチでその涙を拭ってくれる。

「泣くほど喜んでくれたのなら、用意した甲斐があったな。……さ、今日は祝いの席だ。楽しんで食べよう」

彼の言葉にエミーリアはクスンと鼻を鳴らして泣き止《なや》む。それから二人きりの食事の時間を楽しんだ。

食後、用意されたのは小ぶりのホールケーキだった。ちゃんとろうそくまである。

（私、どこまで詳しくフェリクス様に話したんだろう）

突然の異世界転生からの慌ただしい毎日で、よほどストレスがたまっていたのかもしれない。酔った勢いって怖いな、と思いつつ、今日も勧め上手のフェリクスのせいで、たらふく飲んでしまっている。

「確か、祝いの歌を歌うんだったな？」

そういうと、何故か洋梨のような形の弦楽器を取り出してきた。

「……俺はその歌を知らないから、教えて欲しい」

も、もしかして、これで「ハッピーバースデー」と歌ったら、彼が伴奏をしてくれるんだろうか。なんだかおかしくなってしまった。戸惑っているエミーリアを見て逆に彼は不思議そうな顔をする。

「歌を歌うなら、伴奏が必要だろう？」

確かにこの世界でアカペラなんてみたことない。エミーリアが歌うのを待っている気配がするから、少し照れながらもコホンと小さく咳払《せきばら》いをする。

「童謡みたいな歌ですよ」

そう言って歌い始めると彼はそれをじっと聞いていて、一通り聞き終わると今度はその弦楽器で華麗に変奏を入れて歌い始める。

「ハッピーバースデー、トゥーユー」

ちなみに日本語（いや正確にいうと日本語じゃなくて英語か）でそのまま歌ったので、日本語を知らない彼が歌うと、逆に異国情緒たっぷりだ。それに美声で歌まで上手いから、知っているはずの歌が、なんだか別世界の歌みたいに聞こえる。不思議な気持ちだ。

「ハッピーバースデー、ディア、エミィ」

嬉しいのと恥ずかしいのもあって、彼の伴奏に合わせて笑いながら一緒に歌う。

「ハッピーバースデー、トゥーユー」

懐かしくて嬉しくて、自然と零れていた笑い泣きの涙を拭いながら歌い終わると、一気にろうそくを吹き消した。

パチパチと二人で拍手をして、お祝いを言ってもらって、一つのケーキを二人で分け合って食べる。

そのことがたまらなく幸せで……。

「ありがとうございます。日本に居たときも、こんな素敵な誕生日のお祝いをしてもらったことないです」

食事を終えた二人は、温室内にある二人乗りのブランコのような椅子に並んで座り、ひらひらと舞い落ちる花びらを見つめる。

「……エミーリアに喜んでもらえたのならよかった」

手を繋ぐみたいに手を取ると、フェリクスはコトンとエミーリアの肩に頭を載せるようにする。

「……すごく、嬉しかったです。絶対、フェリクス様にお礼をしないと」

くすっと小さく笑うとじわりと目元が熱くなる。こちらで意識が覚醒して数ヶ月。今は逆に前世の記憶が徐々に薄くなりつつある。この世界で生きて行くためにはきっとその方がいいからなのかもしれない。それでも消えてしまう記憶が不安でたまらなかったのだ。家族や友達、忘れたくない記憶がたくさんあるから……。

「でも、こんな変な記憶を持っている私みたいな女、気持ち悪くないですか？」

はらり、はらりと花びらが散るのを見て、気持ちがそぞろになる。ざわざわと心がざわめくのは、日本人の本能に刻まれた桜景色を懐かしいという気持ちが、この異世界でも胸に溢れるからにちがいない。

「……人は一人として同じ人間なんていないから。そして貴女には前世の記憶があるというだけだ。別に気持ち悪くもなんともない。それも含めて俺はエミーリアが好きだから」

ふっと微笑みが唇をかたどり、じっと見つめ合うような格好になる。そっと頬を撫でられて、唇が寄せられる。

（それも含めて私が好きって……どういう意味の好きなんだろう？）

雰囲気や流れから考えたら、恋愛感情の好きなんじゃないかと思いたくなる。

（でも、そんなのって都合が良すぎるよね）

それでも、こんなに心を尽くしたお祝いをしてもらったから、彼を信じたい気になってしまう。

だから目を閉じて彼の今の気持ちを受け入れる。触れてくれる手が温かくて優しい。あんな打ち明け話をしても気持ち悪がったりしないで、そのままのエミーリアを信じてくれたことが嬉しい。

（もう、余計なことを聞くのはやめよう……）

エミーリアがフェリクスを好きになった、ということだけで十分だ。

柔らかく触れた唇はじんわりと心を温かくする。何度も触れ合うたびに、幸せな気持ちとドキドキが重なって……。

（そっか、私、彼に恋をしているんだ……）

改めてその事実に気づかされる。自分の心を受け止めた瞬間、カッと体の熱がこみ上げてきた。与えられる口づけが甘くて優しいのに、彼のキスは容赦がなくなっていく。唇を割ると舌を差し入れられて、上顎や歯列をなぞられて、ますます陶酔するような感覚が深くなる。たまらず彼の首に腕を回したら、膝の裏に腕をいれられ抱き上げられてしまった。エミーリアを抱え立ち上がった彼は、エミーリアの耳元に唇を寄せる。

「……このまま寝室まで、貴女を連れて行ってもいいか？　今どうしようもなく、貴女が欲しい」

耳元で囁かれて、エミーリアは彼に抱きしめられたまま戸惑う。エミーリアはフェリクスにとっては、かりそめの婚約者のはずなのに……。

（でも私は今、彼に触れられて嬉しいって思っている……）

ドキドキと心臓の鼓動が激しくなって、何だかたまらない気持ちで彼の胸に顔を押し当てると、彼の心臓の音も早鐘を叩いていて、ますます熱が上がる。

（もしかしたらフェリクス様も、私に触れて嬉しくてドキドキしているのかも……）

酔っているからかもしれないし、それだけではないかもしれない。でも今の自分の気持ちに素直になりたかった。だからエミーリアは彼の腕の中で小さく頷く。

彼はエミーリアを抱いたまま温室から出ると、中庭を通り庭から直接入れる寝室に向かう。彼の部屋は窓から明るい月明かりが差し込んでいるだけで、照明が灯されていない。豪奢に絹を重ねた大きなベッドにエミーリアを座らせると、彼は彼女の傍らに腰掛けて、そっと髪を撫でた。

「もし……あの酷い夜のやり直しを許して貰えるなら……」

情けなさそうな顔をしているのが、愛おしい。確かにあれはとんでもない夜だった。彼の言葉を受け入れるように手を伸ばすと、彼はその手にキスをした。

「本当にすまなかった。貴女は初めてだったのに……」

整った眉を下げてはぁっと切なげに溜め息をつく。確かに娼婦だと思って彼はそういうことをしたんだったな、とふと思い出した。でもそれはエミーリア自身が、自分が初めてだと忘れていたせいでもある。きっときちんと伝えてたら彼は何とか自分を律したのではないだろうか。

「……でしたら、今日が本当の初めてだと思うことにします」

やり直しが利くかはわからないけれど、永美ではなく、エミーリアのためにそうできたらと思って彼の手を取り言うと、彼は目を細めて耳元で囁く。

「……エミーリアは優しいな。……ありがとう」

首筋に唇を寄せて小さくキスをした。そのまま耳朶《じだ》にキスが落ちてきて、ちゅくりと舌を這わせる音がする。

「はっ……あぁ」

ゾクッと甘い感覚に背筋が震える。この間も触れられたけれど、自分が好きな人だ、と意識するともっとゾクゾクするようなときめきが止めようもなくて。

「んっ……」

彼の胸に体を預けるようにする。彼はエミーリアの腰を抱き支えながら、耳元に舌を這わせる。エミーリアの反対側の首筋を撫でて、ドレスの背中に手を伸ばす。小さなくるみボタンで留まっているのを、器用に一つずつ外しながら、もう一度キスをする。

最初彼とそうなったときは、偶然の事故のようなもので欲望はあっても、愛情も他の感情もなかった。けれど今は彼と一緒に時間を過ごし、エミーリアはフェリクスという男性をよく知るようになった。

（やっぱり素敵だから、惹かれてしまうのは、仕方ないよね）

「ふぁ……んっ」

月明かりだけが差し込むベッドで、じっと自分を見つめる彼の目はとても優しい。綺麗な顔にも影が落ち、美しい人は影まで美しいのだと実感する。

「ぁっ……あぁっ」

呼吸は乱れ、甘い喘《あえ》ぎ混じりになる。彼はエミーリアに触れながら、すべてのボタンを外し終え、着ていたものを脱がせていく。最後にはシュミーズ一枚の姿にされたエミーリアは、顔を赤くしながら、上目遣いで彼を見上げた。

「小さかったエミィが、こんなに大人になったんだね」

からかうわけでもなく、幸せそうに彼は柔らかく目を細めてみせるから、細い運命の糸が今もこうして繋がっていることになんだか感動してしまう。

髪を梳くように優しく頭を撫でられる。緊張していた心が安らいで、涙が零れそうになった。目線が合うと微笑んだ彼がもう一度キスをしてきた。触れるだけのキスが、繰り返すたびに深くなっていく。頬を撫で首筋を撫でていく手は温かい。

(この人も、きっと悩みながら大人になったんだろうな……)

十代前半の恥ずかしそうに涙を拭った彼のことを思い出すと、胸が締め付けられるような気がする。色々なことがあって、お互いこうして出会えたことが本当に不思議だ。

「フェリクス様も……大人になったんですね」

思わず声を出すと、彼は照れたように笑った。その表情があの頃の彼を想起させる。彼はキスを一つ落とすと、そっとエミーリアをベッドに横たえ、上から見つめる。

「エミーリアは……すごく綺麗になった……」

柔らかく頬を手のひらで包み込むと、彼は顔を寄せてもう一度キスをする。目を閉じると爽やかな柑橘系《かんきつけい》と緑の匂いがする。抱きしめられる度、エミーリアの胸をドキドキとさせた香りだ。

「んっ……ぁっ……」

先ほどみたいにキスをされ、互いに雫《しずく》を分け合う。甘い口づけに意識が溶けそうになる。彼の手が首を撫で、鎖骨を撫でていく。そのたびに思わず体が震えてしまった。唇が後を追うようにして、大きな手と繊細な口づけで愛撫《あいぶ》をされて、エミーリアは細く声を上げる。

(この前は、媚薬で追い詰められていたから、まるで襲われるみたいだったけれど……)

今日の彼はエミーリアのすべてを愛おしむように大切に触れている。

「婚約者だったら……このくらいは許されるだろうか」

囁くと、彼はエミーリアの胸元近くに強く唇を押し当てて吸い上げた。チクンというような痛みがあって、真っ白な肌に赤い花が咲く。

「あぁ本当に、どこもかしこも綺麗だ」

その痕を彼は唇の端を微かに上げて満足げに撫でる。指に感じてしまって、また声が上がる。

「あぁ……」

声に煽《あお》られるように彼はもう一つ、もう一つと痕をつけ、それはますます胸元深くに進む。肩紐《かたひも》と胸元のリボンを解くと、エミーリアの豊かで白い胸が曝《さら》け出された。

「――っ」

恥ずかしくて胸を隠そうとすると、両手を耳の横で抑え込まれてしまった。

「……見せて」

この間の熱だけがこもった目とは違う、優しさと愛おしさと押し隠す事のできない欲情した瞳に全身が燃え上がるような気がする。

「本当に……綺麗だ。大切に可愛がりたい」

両手を押さえ込まれたまま、胸の白い隆起に再び唇が落ちてくる。舌先で刷《は》くように刺激されたり、啄《ついば》むように吸われたり、そのたび胸の先に熱が集まる。

「恥ずかしげに立ち上がっているのも可愛いな」

彼はそう言うと、どこがそうなっているのか知らしめるように、胸の先に吸いつく。

「ひっ、あぁっ」

刺激が強すぎて、ビクンと腰から跳ね上がった。

「本当に、感じやすくて可愛い」

胸元にキスを落とし濡れた唇で微笑む様子が、本当にエロティックでドキドキしてしまう。恥ずかしくて視線を逸らすと、彼はエミーリアの手を取って柔らかくキスをした。

「気持ちよくさせたいだけだから、力を抜いて」

彼の言葉に微かに指が震えていたことに気づく。既に永美よりエミーリアの気持ちに心が寄り添っていることを改めて思い知らされる。

「不安だったら、そう伝えて欲しい。怖いことをするつもりもないし、貴女の事を大切に愛したいだけだから、無理だったら今日は触れるだけにしておく」

彼の気持ちが嬉しくて、全部受け入れたいと思う。

「大丈夫、です」

手を伸ばし、そっと彼の頬を撫でると、彼は嬉しそうに笑った。

「少しだけ、待って欲しい」

彼は手早く服を脱いで、エミーリアの隣に横になる。腕を差し出されて、腕の中に身を寄せると、互いに目が合って照れたように笑い合った。

「ああ、エミーリアは本当に可愛いな！」

瞬間ぎゅっと抱きしめられて、触れ合う肌が嬉しくて恥ずかしい。彼は大きくて温かい手で彼女の背中を撫でると、唇に口づけて、もう一度彼女の全身にキスを落とす。軽く吸われたり、唇で食《は》まれたりすると、その刺激に彼に求められているんだという喜びをかき立てられた。

「ひぁ……んっぁあっ」

くすぐったさと気持ちよさの狭間でたまらず声を上げると、彼はエミーリアの足の付け根から、今度は足の先まで唇を這わせ始めた。

「やっ……そんなとこっ」

「エミーリアは足の爪まで可愛いな」

今日一日で何度可愛いと言われただろう。そのたびにじわっと胸が温かくなる。今まであまり褒められて生きてきていないエミーリアに、フェリクスの言葉が甘い毒のように全身を駆け巡る。そうされるたび彼がどんどん欲しくなる。

「全部可愛がるって約束したからな」

エミーリアの踵《かかと》を持ち上げて、彼はエミーリアの足の指一つ一つに舌を這わせ、愛おしむように何度も口づけた。羞恥に涙が出そうになるけれど、何故かじわじわとお腹の中は熱く疼く。

「それ、いつまでっ」

足の先を丹念に愛でている彼の淫らな表情にヒクンと体が震えた。

「どうしたの？」

目を細め、どこか嗜虐的に微笑む彼は本当に綺麗で、恋心だけではない女性としての本能の部分で欲望を感じて、耐えきれなくて腰が揺れる。

「……フェリクス様、意地悪です……」

思わず泣き言を言うと、彼は嬉しそうに口角を上げる。

「……もっと気持ちよくなりたい？」

顔を近づけて妖艶な微笑みと共に問われると、その艶めいたアメジストの瞳に捕らわれて、エミーリアはそっと彼の手を捕らえた。

「……はい、なりたいです」

蚊の鳴くような小さな声で、おねだりしてしまう。

「もう……可愛すぎるな、貴女は」

彼ははぁっと熱っぽい吐息をつくと、エミーリアのふくらはぎに軽く歯を当てて、それから内太ももに舌を這わせた。

「あぁ、もう。我慢出来ずにこんなに濡らして」

足を高く抱え上げられて大きく下肢を開かれて、恥ずかしいのに期待してしまう。開かされたところからは、蜜が溢れる感覚がする。

「今日は中が柔らかくなるまで、たっぷり可愛がろう。この前は……多分痛いのを堪えてくれたんだろう？　今日は貴女に、気持ちよさしか与えたくない」

彼はエミーリアの目を見ると、その部分に指を滑らせる。

「ひぁっ……ああっ」

触れられただけで頭に火花が散ったような気がした。彼はエミーリアの蕩ける口を開くと、その端にある感じやすい部分を蜜まみれの指でゆっくりと押しつぶすようにした。

「あ、あぁっ……だ、ダメぇ」

コリコリと転がされて、ダメと制止しながら甘い声で泣いてしまった。

「……気持ちよくない？　どんどん蜜が溢れてきてるし」

そう言いながら彼は中指をじっくりと時間を掛けて、蜜口に差し入れていく。ざらざらしている部分を中から擦られて、「あ、あぁ」と耐えきれない声が漏れ、自然と腰が動く。表から突起をリズミカルに潰されて、呼吸が乱れる。

「あ、フェリクス、様。きもち……い、の。それ……ダメ、よくなっちゃ……」

恥ずかしいことを言って、悦楽に溺れていると、中がヒクヒクと彼の指を締め付ける。

「イケそうだね。一度イって。ああ、上手に締め付けられている。エミーリアは閨《ねや》事にも才能があるな」

優しくて蜜が滴るような声音に悦びがこみ上げてくる。褒められて嬉しい。彼の呼吸が弾んで熱を帯びていることが嬉しい。彼の指を締め付けている自分の淫らさも、気持ちよさを増す要素だ。

「あ、ぁあっ。い、の……。も、来ちゃ……ぁあっん。はっ……」

トントンと中を刺激された瞬間、真っ白になるような愉悦が駆け上がってきて、ビクビクと体が跳ねて彼の指を中で銜《くわ》え込む。ぎゅーっと両腕と中の両方で、彼を締め付けた。

「は、ぁあっ……ぁあ……」

気持ちよくて頭が白くなる。絶頂感で体が収縮する。全身を震わせて淫らに啼《な》いて彼にしがみつく。

気持ちよさがじわんと体中に広がっていく感覚がたまらない。

「……エミーリア、良い子だ」

悦びを味わっていると、そっと髪を撫でられる。上目遣いで彼を見上げると、優しい顔をして頬にキスをしてくれた。

「……今からあと二本指を増やすから、そのたびに一回ずつイってもらおうかな」

「え？」

彼はエミーリアの蜜をたっぷり纏《まと》った指を咥《くわ》えて、目を細めると美味しそうに舐《な》め上げた。

「貴女の中は狭いから、もう少し広げないと痛みが出るかも知れない」

そう言われて、彼の視線が下がったのを追いかけると。

（お、おっきい）

初めて見た彼のそれは、へそを隠すほどの大きさと品の良い彼の顔とは全く別の獰猛《どうもう》な張り出しがあって、思わず恐怖で喉を鳴らしてしまった。

（前回、痛かったはずだよ!!）

心の中で叫んで逃げだそうとすると、彼は蜜で濡れた唇を、舌を出して舐めると、エミーリアの腰を捕まえて今度は這わせた。

「あの……」

「大丈夫。前回入っているんだから、入るよ。それに今回は痛くないようにする」

そう言いながら、エミーリアのお尻にキスをする。

「きゃっ……」

声を上げると、彼は尻に舌を這わせながら、腰を抱くようにして、前の部分に手のひらを押し当てた。撫でるように転がして、もう一方の手で最初は浅いところから深いところへ指を二本差し込み滑らせていく。

「あっ」

奥まで入る感覚に思わず背筋を反らしてしまう。彼は指を付け根まで入れると今度は柔らかく一定のリズムで動かして刺激する。背中やお尻にキスを落としながら、姿勢を保てるように胸に手を回し、指でしこる乳首を摘まみ、指の腹で揉《も》みたてる。

「あぁっ、そこっ……」

胸が感じやすいエミーリアは、それだけで達する直前の熱が体に灯るのを感じる。

「そんなにお尻を振って、素敵過ぎる光景だね。気持ちいい？」

楽しげに言われて、恥ずかしくて全身が燃えるように発熱する。気持ちよすぎて腰を振るのを止められない。

「綺麗なエミーリアがこんな風に乱れるなんて……他の誰にも知られたくないな」

羞恥心を感じているのに声を上げて啼いてしまう。淫らにお尻を振る自分が恥ずかしいと思うほど、あっという間に絶頂が迫ってくる。


そして彼は自分の言っていた通り、一本ずつ指を増やすたびにエミーリアを絶頂に追い込んで、それからようやく自分の膝の上に彼女を抱き上げた。

「怖いかも知れないから、自分で少しずつしてみて」

彼に跨《また》がる格好で支えてもらって、ゆっくりと彼を受け入れる。

「はっ……は、あ」

呼吸を整えながら、入り口をぐっと彼に押し広げられる感覚に息を呑む。けれども痛みなどはなくて、代わりに先ほどからため込んでいる熱がそこに集中していくような感じで、もっと奥まで暴かれたい、というような欲をかき立てられた。

「大丈夫？」

心配そうに見つめてくれる目は艶めいているけれど、それ以上に心遣いを感じられて、エミーリアはそっと彼の瞼《まぶた》にキスを落とす。彼の首に手を回し体をもたれかけさせるようにして、座位のままゆっくりと彼を受け入れていく。張り出した部分が内側を刺激して、だんだん気持ちよくなってしまう。

「痛くない？」

もう一度聞かれて、エミーリアは頷いた。

「はい、気持ちいいだけ……です」

答えて悪戯っぽく笑うと、彼がぐっと息を呑むように喉を鳴らした。

「……エミーリアは悪女だな。そうやって俺を煽ってくる」

何かを一瞬堪えるような顔をした彼は、それでも自分から動くことはしない。じわじわと自分のペースで腰を落とし、最後完全に彼を受け入れて、エミーリアはそっと彼に抱き付いた。

「ちゃんと、できました……」

びっくりするけれど痛みもなく彼を受け入れられたことが嬉しくて、エミーリアは何故か涙が溢れ

てくる。

「痛い？」

心配そうに聞く彼が本当に優しくて、エミーリアは小さく泣き笑いの顔をする。彼で満たした瞬間、なんともいえないような幸福感が込み上げて来た。

「痛くないです。あの……」

耳元に口を寄せると、彼は声を聞きやすいように体をくっつけた。

「フェリクス様、大好きです」

エミーリアの囁きに彼は一瞬息を詰める。

「……っぶない」

エミーリアがエッと声を上げると、彼は小さく苦笑する。

「嬉しすぎてイキそうになっただけだ。……俺も、エミーリアが好きだ」

そう言って彼はエミーリアをぎゅっと抱きしめる。キスをしながら、互いの体が馴染むのを確認して、それから彼は緩やかにエミーリアを突き上げる。

「やっ……はぁ」

絶えず下から突かれて、エミーリアは先ほどの指でされた何倍もの強さで気持ちよさを感じてしまう。彼の首筋にすがりつき、顔を上げて快感に耐える。

「あぁ、いっぱい、なの……」

「この綺麗な胸も可愛がってあげないと」

彼は背筋を反らすエミーリアの胸にキスを落とす。それだけでお腹の中がきゅぅっと収縮した。

「エミーリアに食べられている感覚がたまらない。狭いのに柔らかくて吸いつくみたいだ」

彼が息を弾ませて、淫靡な笑みを唇に浮かべる。掠れた声が艶めいていて、気持ちよさが全身に溢れて、彼が突くごとに、頭がとろとろに溶けて、愉悦がこみ上げてくる。

「あ、あぁ、ン……も、イ……の、もっと……いっぱい、して」

腰を揺すり彼の物がお腹いっぱいに入っている感覚に溺れる。

「フェリ……クス様ので、ぱんぱんで、で気持ち、いい……の……」

あれだけ大きな物を受け入れたのだ。きっとお腹の中は全部彼で埋め尽くされている。

「はっ……エミーリア、そんなこと言われると、止められなくなる」

彼はそっとエミーリアをベッドに横たえると、両手を繋ぎ、ゆっくりと腰を送る。リズミカルで深い動きに、エミーリアは先ほどまでの絶頂とは違う、頭が完全に白くなるような、強い悦楽の感覚に追い込まれていく。

「あ、ああっ。ダメ、すごく、い……の。フェリクス、様ので一杯、なの……ぁあっ、あぁ、あ、あ、あぁぁっ」

彼の一突きごとに意識が遠くなる。ゆるやかに追い詰め、確実に仕留めるような動きに、愉悦で溶けるほどの真っ白な快感が迫ってきて、エミーリアは必死になって彼の手を掴む。

「エミーリア、愛してる」

微笑んで囁く。綺麗で淫らな姿に、エミーリアは息を呑む。お腹の中を擦られて、全身が熱くなる。彼が好きで吸いついて逃したくないと言うように、ズチュズチュと恥ずかしい蜜音が室内に響く。永遠に続くような責め立てに、エミーリアは声を上げて啼き、最後彼に力一杯抱き付いて、絶頂の果てに、そのまま意識を失った。

第八章　彼にとって一番大切なもの

自分のベッドではなかったからだろうか。思ったより早く目が覚めてしまった。

フェリクスは初めて出会った時のようなあどけない表情を浮かべ、熟睡しているようだった。

「…………」

（昨日のこと……どこまで本当なんだろう）

自分が彼のことを好きだ、と思ったのは本当のことだ。けれどフェリクスが同じように答えてくれたのは彼の本当の気持ちだったんだろうか。

『フェリクス殿下は頭脳明晰《めいせき》で、温厚篤実な人なのに、謙虚すぎるのが問題だ』

フェリクスの補佐官達は口を揃《そろ》えて言う。エミーリア自身もそう感じている。

（きっと、自分の出生を卑下しているのかもしれないけれど……）

本来なら血筋だけではなくその才をもって、この国の次期国王となるべき人物だと思う。ふとデボラの話を思い出していた。

（少し今後の事も含めて、落ち着いて考えよう）

用意されていたガウンを身につけて、部屋の扉から様子を窺う。

「あの……」

小さな声を上げると、奥の部屋から侍女がやってきた。

「もし必要ならば、湯浴みの用意をさせていただきますが……」

その言葉に、昨日の夜何があったのか、きっとみんな知っているのだろうと気づいて、恥ずかしくて涙目になりそうだが……。

「はい、あの……お願いします」

蚊の鳴くような声で答える。とにかく少し冷静に考える時間が欲しい。

そう思ってエミーリアは湯浴みをすることにした。


物思いに沈んでいるエミーリアを気遣ってか、侍女達はあまり話し掛けてはこない。それを良いことにエミーリアはさらに思考に沈んでいく。

(フェリクス様の縁談よけのために始まった話だったのに……あんな風に優しくされたから……)

風に舞う夜桜の景色。もう一生見ることは出来ないと諦めていた風景を目の前に見せてくれたから、つい気持ちが緩んでしまった。

(まるで、一夜の夢だったみたい……)

彼に自分の想いを告白し、彼もそれを受け入れてくれた。

(でもあれはきっと幻の一夜なんだ。だとしたら私は今日からどうしていけばいいんだろう……)

最初からかりそめの婚約者だと認識していた。でも今後、彼が本当に好きな人を見つけたら……。その事を考えると胸が痛い。けれど自分の感情を押し殺して働くことなら慣れている。だから今は彼のために頑張ろう。そう結論を出してエミーリアは風呂を上がったのだった。

部屋に戻ると既にフェリクスも入浴を終えて着替えを済ませていた。照れくさくて彼の顔を見られない。さりげなく視線を逸らすと、彼は一切気にせず笑顔で彼女の手を取った。

「昨日はよく眠れた？」

そっと頬にキスを落とされる。

（やめてっ、そういうことされるとっ）

好きだと自覚してしまったから、胸がきゅっと疼いて目元が熱くなる。形だけの婚約者のふりをするはずだったのに、やっぱりときめいてしまう。冷静になるように自分に言い聞かせながら、不自然に見えないように彼を見て笑顔を浮かべ答える。

「……はい、あの、大丈夫です」

「それだったら朝食が用意されているから、一緒に食べないか？」

彼の誘いを受けて、エミーリアは一緒に朝食の席に着いた。

「体調は大丈夫？」

彼の言葉に小さく頷く。その質問の意味も、あんな夜を過ごしてしまったから、そういう意味にしか取れなくて、恥ずかしくてたまらない。おかげでなんとなくお互い会話がぎこちない。けれど昨日の彼の心遣いを思い出せば、ギクシャクするのが申し訳なくて必死に何か話題を探す。

「そういえば昨日の温室の景色、とても綺麗でしたね」

「ああ。後でもう一度、見に行こうか。お茶を用意させよう」

「いいですね。桜の下でお茶なんて素敵です」

ようやく普段のように話ができて、お互い笑顔になった時、侍従がやってきて、彼に耳打ちをする。それとほぼ同時に、扉が開き明るい男の子の声が聞こえた。

「兄上、おはようございます！」

次の瞬間、その傍らにエミーリアがいるのを見て、彼はアッという顔をする。エミーリアが慌てて立ち上がると、第二王子カミーユは完璧な礼儀作法で、エミーリアに挨拶をした。

「未来の姉上、初めまして。僕はカミーユ。カミーユ・ナリル・ラ・ヴァールブルグです」

二人の朝食の間に飛び込んできたのは、フェリクスの腹違いの弟、カミーユだった。

「カミーユ殿下。初めてお目に掛かります。私はエミーリア・ハイトラーです」

丁寧に彼らが挨拶を交わしている間に、慌てて侍女達がもう一つ席を用意した。それを見て朝食に誘わざるを得なくなったフェリクスは小さく苦笑する。

「カミーユ、食事はまだか？　一緒に食べるか？」

「ありがとうございます。既に食事は摂《と》りましたけど……でしたらお茶を一緒にいただいても？」

にこにこと屈託のない笑顔の少年に、エミーリアも思わず微笑んでしまった。黒い髪は彼と違うが、紫色の瞳は互いに父親似なのだろうか、腹違いの兄弟にしてはフェリクスと似ている印象だ。

「実は、お兄様がお義姉様と結婚することを決められて、僕、本当に嬉しかったんです」

用意されたお茶を前に、秘密を告白するような顔をしているカミーユを見て、フェリクスは柔らかい笑顔になった。いろいろと複雑な関係の兄弟だが、仲は悪くないらしい。

「これでお兄様がエミーリア嬢のために立太子してくだされば、もっと嬉しいんだけど。そろそろ諦めて引き受けてくださいますよね……」

可愛い笑顔でなかなかすごいお願い事をしてくる弟に、フェリクスは一瞬パンを喉に詰まらせる。

「――っ」

咄嗟に咳き込みそうな彼にお水を渡すと、それを彼は飲み込んで大きく息をついた。

「こんな風にお義姉様が傍に居てくれたら、お兄様も幸せそうですし、僕もとっても安心できます」

邪気のない笑顔のカミーユに、流石のフェリクスも何と答えて良いのか迷うようで……。

「お義姉様、お兄様はとても優秀で良い国王になると思うのです」

フェリクスの代わりに、エミーリアを口説き落とすことにしたらしい。彼の言葉にエミーリアも頷いてしまう。少なくともフェリクスの考えは別として、彼の資質は国王になるに値する十分な力があると思うからだ。

「ですので、兄の味方になってください。お兄様がこの国の国王になれるように。そしてずっとこの国で、僕の傍にいられるように……」

今までの可愛い笑顔から、立場に相応しい真摯な表情になって、カミーユはエミーリアの顔を真《ま》っ直《す》ぐ見つめた。エミーリアはカミーユの兄への思いを感じて、思わず頷いてしまった。フェリクスはこの国の国王となろうとはしていないことを知っていながら……。

「またそういうことを言って。国王にはお前がなればいいだろう？　聞いたぞ、学業の成績が優秀で、今は王立高等学校まで、高度な授業を受けに通っているそうじゃないか」

「はい、僕は勉強が好きなんです。それに将来は農作物の品種改良をして、この国の穀物生産量を上げて国を豊かにしたいんです！」

まっすぐでキラキラした表情を見て、フェリクスは自分の思いと弟の願いがすれ違っていることに気づいたのか、小さく苦笑をする。

「ああ、国民の生活を豊かにすることも国王の仕事だ。だからお前がその立場になれるまでは、俺がこの国を守ってやる」

そう言うと、フェリクスは「え――――」と文句を言う弟の額を、指先で優しく突いたのだった。

◇◇◇

それから数日は穏やかな日々が流れた。フェリクスとの関係も順調だし、仕事も楽しい。だがそんな日常はある一本の報《しら》せによってあっけなく崩れた。その日、昼の休憩を終え全員が執務室で仕事を再開した直後のことだ。

「フェリクス殿下！」

胴衣を身につけたまま執務室に飛び込んできたのは、エミーリアの叔父ジェラルドだ。

「……どうかしたのか？」

鋭い彼の表情を見ると、フェリクスはエミーリア以外の人間を退室させ、ジェラルドの前に立って冷静な声で聞いた。

「高等学院に向かう途中、カミーユ殿下が何者かに襲われました」

未だに緊張を隠しきれないジェラルドの第一声にエミーリアは目を大きく見開いた。

「……カミーユは、無事か？」

掠れるような声で尋ねたフェリクスの言葉にジェラルドは頷く。

「はい。今日は幸い護衛がいつもより多くおりましたので、殿下にはお怪我はなかったと聞いております……」

「そうか、よかった……。状況を報告してくれるか」

その言葉に、フェリクスはホッとしたように力が抜け、その場に座り込みそうになる。咄嗟に膝に手をついてそれを堪えると、再び背筋を伸ばしてジェラルドに向き合った。

「本日午餐《ごさん》のあと、カミーユ殿下は王立高等学校の教授から直接実技指導を受けるために、学校に向かっていたとのことです。その道中の路上にて、突然複数の兵に襲われたとのことでした。護衛は殿下の保護を最優先にして、一部はその場で襲撃犯との戦闘に入りました。結果一部は逃走。残りは自害し、捕縛はできなかったとのこと。現在黒狼騎士団は、王宮近衛騎士団の麾下《きか》に入り、町で襲撃犯の残党を追っています。……事件の詳細や襲撃犯の背景についてはもう少し精査する予定ですが……まずはフェリクス様にご一報をと」

黒狼騎士団長でもあるジェラルドは、下町を含めた王都周辺の治安維持が任務だ。個人的に懇意にしているフェリクスにいち早くその報せを伝えに来てくれたのだろう。

「……そうだな。こちらにも影響があるかもしれないからな」

フェリクスの苦い顔にエミーリアは改めてこの国の、二人の王子の関係を考える。

この間実際に会話したのを見たからこそよくわかるが、彼らの関係は非常に良い。だが傍から見れば、成人し有能で実績があるが血筋に問題のある第一王子と、現王妃が母で血筋が良く将来が嘱望できるがまだ幼い第二王子という、非常に難しい立場の二人だ。

(その第二王子が襲われたとなると、襲ったのはフェリクス様の陣営だと……フェリクス様を知らない人なら思うかも知れない)

エミーリアはフェリクスこそが、弟に王位を譲りたい筆頭だと知っている。エミーリアと婚約したのも、身分は高くとも実質的な力のない末席の侯爵令嬢であるからこそだと理解している。

(でも、周りの人はそうは思わないだろう)

ぎゅっと自らの手を握って不安を堪える。エミーリアはあえて表情を緩めるようにして、笑顔を見せた。

「色々心配なこともありますが、カミーユ殿下がご無事でよかったです」

フェリクスを見上げると、彼もハッとして次の瞬間、唇の端を上げて、笑顔を作った。

「そうだな。まずはカミーユが無事でよかった。きっとショックを受けていることだろう。後で見舞いの手紙を送っておこう。あと申し訳ないが、いきさつが見えてくれれば、また報告して欲しい」

フェリクスの言葉にジェラルドは表情を硬くしたまま、一つ頷き、王宮騎士団と今後の打ち合わせをするために執務室を出て行ったのだった。

だがフェリクスが送った見舞いの手紙には返事が来なかった。

その日もエミーリアが誰よりも早く執務室に入ると、すでに来ていたフェリクスが外をじっと見つめているのに気づいた。彼の執務机の上には、カミーユに貸すと約束していた書籍が数冊載っている。その上には丁重だが冷たいお断りの手紙があった。もちろんカミーユ本人が書いたものではないだろう。

（フェリクス様……）

あの事件の後、事件の背景を、王宮近衛騎士団では追っているらしいが、未だに誰がどういう意図で行ったのかはわかっていない。そのせいで第一王子を支持する者と、王妃および第二王子を支持する者との間で、密かな緊張関係が続いている。

（本人達はお互いのことを大切に考えているのにどうして……）

きっと当事者以外の周りの人間が、二人が会うことを妨げているのだろう。その上、本来なら王子達をめぐる緊張関係の矛を収めるはずの国王も、疲労が溜まっているのか体調不良となっており、それが余計に王宮内の緊張感を高めている様子だった。

そんな中でもフェリクスは淡々と自分の執務を処理し、エミーリアも集中して彼の仕事の補佐を行い、その一方で婚約に関わる行事などをこなしている。

「フェリクス様、おはようございます」

近づいて行くと、彼は一瞬柔らかい笑みを浮かべるが、エミーリアがそっと彼の腕に手をやると、はあっと小さく溜め息をついた。

「まだカミーユ殿下と連絡を取ることができないのですね……」

視線を本に向けると、彼は悲しそうな顔をする。

「ああ、俺たちはお互いに王位を譲り合おうとしていたのに、他の人間はそんなことは知らないか、あり得ないと自分達の価値判断で決めつけているんだ」

互いに争う必要もないのに、勝手に第一王子のため、第二王子のため、と野望を押しつけ、二人の王子の関係を悪化させている。

（こんなこと、誰が企んでいるの？）

エミーリアは純粋にフェリクスの立場を考え、悔しく、また切なく思う。彼は大切な家族と仲違《なかたが》いをしたくなくて、隣国に婿に出るという選択までした人だ。それがどうして……。

「少しだけ……こうしていてもいいだろうか」

フェリクスはそう小さな声で言うと、そっとエミーリアの体を抱きしめる。エミーリアの肩に額を押しつけて、小さく溜め息を吐く。彼の受けているショックが肩に感じる重さで伝わってくる。

「情けない男だな、俺は……こんなことなら、いっそ最初から……」

苦しげな彼の言葉に、ぎゅっと胸が締め付けられる。あの夜桜を一緒に見た時から彼はエミーリアにとっても、永美にとっても誰よりも大切な人になっていた。

(こうすることで、フェリクス様の心が、少しでも休まれば良いのに……)

そう思いながらエミーリアは手を伸ばし、彼の艶やかな銀色の髪を撫でると、フェリクスはしばらく彼女の肩に顔を埋めたまま、動くことはしなかった。

それから数日後、二人の王子を隔てる緊張を孕《はら》んだ均衡が、悪い形で崩れることになった。

その日、残務処理中の執務室にやってきたのは、騎士団長ジェラルドだった。

そして彼の口からエミーリアは聞きたくもない疑惑を聞くことになる。

「え？　カミーユ王子の襲撃に関係して、お父様が関与している可能性……？」

ジェラルドの口から、今回のカミーユ王子への襲撃事件の黒幕としてエミーリアの父ハイトラー侯爵の名が噂されていると言われて、エミーリアは一気に顔色が青くなった。

「それは……どういうことだ？」

フェリクスの言葉にジェラルドは首を左右に振って溜め息をついた。

「カミーユ王子を襲撃したのは傭兵《ようへい》崩れの一団だったのですが、その仲介人をしていた男が見つかり、口を割らせた結果、雇い主はハリス商会主だと供述しているようなのです」

ハリス商会――。それはゼファー伯爵の紹介で、最近はハイトラー侯爵家に足繁《あししげ》く出入りしている商会である。

「……ハリス商会の紹介で、ハイトラー侯爵が自分の娘が王妃になれるように、カミーユ殿下を襲わせたと？」

エミーリアが震える声で尋ねると、フェリクスは彼女の肩を叩き心配するなと表情で伝える。

「だがハイトラー侯爵は、そんな大それたことをする人間とは俺は思わないが……」

「ええ。俺も義理の兄の性格を知っているのでそう思います。ですが何も知らない人間が見れば動機は十分。娘が王妃にするためならと考えるかもしれません……」

ジェラルドの言葉にエミーリアは全く連絡を取っていない父の顔を思い浮かべた。

（もともとゼファー伯爵家との縁談を何とかまとめようとするくらい、侯爵家の状況は悪かったんだ。そんな時に娘が第一王子と婚約することになった。そこで欲をかいたハイトラー侯爵が第二王子を排除しようとした、と考える人はいるかもしれない。だとしても……）

「正直信じられません。確かにこのところの父は若干浮き足立っていたかもしれませんが、さすがにそこまでのことをするとは……」

エミーリアの呟きにフェリクスも頷く。

「ああ、俺はエミーリアが侯爵に対して連絡すら取ってなかった事実を知っている。だから逆になんの便りもないエミーリアを王妃にするために、そこまで大胆な行動は取らないと思う。というよりもハイトラー侯爵家としては、王族の姻戚になるだけで十分だと考えているだろう」

万が一王妃の実家となれば、経済的にも政治的にも負担は大きい。余裕のないハイトラー家では王妃を出すには分不相応だろうとエミーリアは思う。フェリクスの言葉にジェラルドも同意した。

「ええ、ですがエミーリアには実家との連絡に関して、十分な注意を払ってもらいたい。場合によっては、フェリクス様にまで影響が及ぶ可能性があるのだから」

ジェラルドの言葉に、エミーリアは青い顔をして頷く。例えばハイトラー侯爵とフェリクスの共謀を疑われれば、第一王子側から、第二王子側に宣戦布告を行ったも同然だと理解される。そうなれば国内を二分する大きな争い事に発展する可能性もあるのだ。

「今まで同様、私は一切、ハイトラー侯爵家とは連絡を取りません。もともと愛着もないですから」

「エミーリア、不安な思いをさせてすまない……」

エミーリアの言葉に頷くジェラルドを見て、フェリクスが苦しげな声を上げる。そんな彼を見て迷惑を掛けているのだと、石を飲み込んだように胸が重くなる。

末席の侯爵家にしか過ぎないハイトラーは、庶子であるフェリクスを次期国王に担ぎ上げるには力が足りない。だが王族に嫁がせるだけなら十分な家柄で、なおかつ次期王妃になるとしても、低すぎはしないという中途半端な立場だ。

その中途半端さが今回の事件を引き起こしているのだ。例えばエミーリアの実家がもっと地位が高ければ、第二王子の存在に関係なくフェリクスは次期国王に内定していただろう。例えば、ベルティエ家のように国で重責を担う公爵家であれば……。

「とにかく、今はいつも通り執務を行うことが一番です。すでに定刻は過ぎているのですから、例の調査資料を早くまとめてしまいましょう」

一連の話の流れをただ黙って聞いていたアルフリードが、いつもの口調で話し掛けてくれたお陰で、全員、普段通りの表情を取り戻せた。

「それではフェリクス様、また何かわかりましたらお知らせにあがります」

ジェラルドはそう言うとフェリクスの執務室から外に出て行ったのだった。


その日の夜、エミーリアが部屋に戻ると、侍女が一通の手紙をもって彼女の元にやってくる。

「お嬢様。実は今日、ベルティエ公爵令嬢デボラ様の使いの方より、招待状が届きました」

エミーリアは手紙を受け取る。中身は近日中に開催される身内に向けてのお茶会への招待状だ。ふと先ほどの「公爵家であれば」という考えが蘇り、一気に気持ちが重くなる。

（このタイミングで、なんでそんなことを言ってくるんだろう）

驚きながらもエミーリアは戸惑いを隠せない。ただベルティエ公爵は宰相だ。国王に次いで二番目の権力を維持している。そしてこのタイミングで送られてきた招待状には間違いなく意味がある。

父にも生家にもエミーリアは思い入れがない。だからこそ、その生家がフェリクスに害をなす可能性があるのなら、未然に防ぎたいのだ。

（だったら、私ができることは……）

エミーリアは一つの決意をもって、ベルティエ家に返信を届けるように伝えたのだった

◇◇◇

お茶会の当日の朝、エミーリアは緊張しつつも支度を調えていた。

「エミーリア様、フェリクス様がいらっしゃいました……」

だが予定外の彼の訪問に、エミーリアは意識的に力を抜いて笑顔を作る。

「……お通ししてください」

わざわざ出発前に何の用だろう。疑問に思うエミーリアの前に、侍女はフェリクスを連れて戻ってきた。彼は笑顔のエミーリアを見ると、少し心配そうな顔で、侍女達を室外に退出させる。

「エミーリア、デボラ嬢のお茶会に行くと聞いたが……本気か？」

心配そうなフェリクスの様子に、心配させないために笑顔を返す。あの日、ハイトラー侯爵家が第二王子の襲撃を画策した可能性があると言う情報が入ってから、状況は変化していない。事情を知っているはずのハリス商会主も、最初の尋問の後、ふっつりと姿を消したままだという。

（まるで『ハイトラー侯爵が事件を引き起こした』いう印象だけ残して消されたみたい）

現に父は第二王子の襲撃についての噂を払拭できず、世間を騒がせたとして自宅で蟄居《ちっきょ》中だ。

（もちろん無関係だと主張はしたようだけれど……こんな状態なら証明する方法もない）

エミーリアとしては、そんな危険な実家と連絡を取れば、フェリクスごと巻き込まれると、今まで以上に注意深く実家との連絡を絶っている。アーレントと無理矢理結婚させようとした実家を思えば、到底同情する気などなれず、余計なことをしてくれるな、という気持ちしか起こらない。

密かに実家に対しての怒りを思い出していると、フェリクスは心配そうに話を続けた。

「万が一、宰相が出てきても、話は流しておいてくれたらいい。俺が対応するから」

そう言ってきたフェリクスの手を宥めるように触れると、彼もエミーリアの頬に触れてきた。

「大丈夫ですよ。無理はしません」

重ねて笑顔を見せると、彼はようやくエミーリアを離してくれて、彼女はお茶会に向かうことになる。

「ようこそ、おいでくださいました」

本当に身内だけのお茶会だったのだろう。デボラが直接エミーリアを出迎えた。

「本日はお招きいただきまして、ありがとうございます」

挨拶をすると、エミーリアは用意してあった珍しいお茶と茶器をお土産代わりに侍女に渡す。そのままサロンに入るとそこに居たのは、ベルティィエ公爵本人だけだ。

（露骨というか、やっぱり……そういうことね）

娘のお茶会に父親だけが参加しているなんてあり得ない。つまりお茶会を理由にエミーリアは呼び出されたのだ。婚約者の立場から追い落としに来たのだろう。それでもエミーリアは、動揺した顔を見せずに、宰相に向かって丁寧に挨拶をした。席を勧められて宰相の向かいに座ると、お茶会の主役のはずのデボラは公爵と目線を交わし、席を外した。

「エミーリア様。お父上は元気にしていらっしゃるかな？」

「申し訳ございません。屋敷を出てから、一度も家族に連絡を取っておりませんので、知りません」

そう答えると、ベルティィエ公爵は満足げに頷く。

「なるほど。ではもちろん今回の件について、エミーリア嬢は何も知らないと」

敬称が一瞬で第一王子の婚約者に相応しい『様』から一令嬢としての『嬢』になったことにエミーリアは小さく目を細める。そんな彼女をじっと鋭い目で見つめて公爵は話を続けた。

「……だが貴女にその気がなくとも、今フェリクス様を危険な立場に追い込んでいる自覚はおありですか？」

「私がフェリクス様を危険な立場に？」

彼の言葉をオウム返しにすると、彼は唇の端だけ持ち上げて、笑みの形を作る。

「ええ、このままフェリクス様がご自身の意思をはっきりしなければ、国を二分する権力争いに発展することになるでしょう」

彼の言葉にエミーリアは顔を顰めた。

「フェリクス様はもともと王位を求めていらっしゃいません。カミーユ殿下に王位を継いで欲しいと考えていらっしゃいます」

それだけは間違いない。エミーリアが言うと、公爵は肩を竦めて苦笑した。

「ええ、そうだったかもしれません。ですが先日のカミーユ殿下襲撃事件で、陛下はフェリクス様を正式に王太子とすることを決意されたようです。何故そう決意されたか、わかりますか?」

淡々とした言葉が鋭いナイフのようだ。切り込んでくる公爵に、ゾワリと肌が粟立《あわだ》つ。それはエミーリアも、永美も感じたことのない権力を纏った人間が持つ威圧する空気だった。

「…………」

緊張に喉がひりついて答えることができない。するとそんなエミーリアを出来の悪い生徒を見るような顔をして見ると、溜め息をついた公爵が話を続けた。

「このままではカミーユ殿下を守ることが困難になるからです。それにフェリクス様が陰謀に巻き込まれる可能性も高い。ですがこのままではフェリクス様が立太子するのも些《いささ》か問題があります」

「……私が王妃では立場が弱すぎる、とそうおっしゃりたいんですね」

エミーリアにはベルティエ公爵が何を望んでいるのか、最初からわかっていた。自分をフェリクスの婚約者から引きずり降ろし、代わりに宰相である自分の娘を宛《あて》がいたいのだ。そしてそれは、フェリクスを正統な王とするための政治的な判断としては非常に正しい。

「おっしゃる通りです。能力が高く国民からの人気の高いフェリクス殿下ですが、庶子で強い実家を持たないというお立場です。それはハイトラー侯爵令嬢である貴女を娶っても補うことはできません」

このまま両陣営が対立したままではカミーユもフェリクスにも命の危険が生じる可能性がある。そうさせないためには、庶子のフェリクスが圧倒的優位で国王になる必要がある。

「……ここまで言えば理解していただけると思います。私にのみ打ち明けてくださいましたが……国王陛下もそれを望まれています」

(国王陛下……フェリクスのお父様も、私が婚約者から降りることを望んでいるんだ……)

たった二人しかいない彼が大切に思っている家族。それが国王である父と、第二王子である弟だ。説明されるまでもなく、どうするべきなのかはわかってしまった。

(フェリクス様はずっと私のことを大事にしてくれたけれど、彼は私一人のものじゃない。フェリクス様はこの国にとって必要な人だ。私一人の感情で独り占めなんてできない)

叔父であるジェラルドがフェリクスについて真剣に語っていたことを思い出す。

(ジェラルドが言っていたみたいに、彼が国王になれば、この国はもっと良い国になる。下町の人たちにまで心遣いをする人だもの。この国をきっと豊かにしてくれる。それに私のことを好きだと言っ

てくれたけれど、それよりもずっと、たった一人の弟の命が大事なはず）
弟に渡す予定の本を見て、切なげな顔をしていたフェリクスを思い出す。彼から大切な人を奪う訳にはいかない。

「……ええ、わかり……ました」

密かに思っている人だからこそ、かりそめの婚約者にすぎない自分は身を引くべきだ。エミーリアは小さく息をつくと、密かな決意を再び心の中で確認する。

（この辺りが潮時だよね。もともと家を出て、町で平民として生活するつもりだったのだから）

顔を上げて、じっとベルティエ公爵を見上げる。

「公爵、私が身を引けばフェリクス様と、カミーユ殿下を、命がけで守ってくださいますか？」

「ああ、もちろんそのつもりだ」

力強く頷く目の前の宰相は、人間的に信頼できる人かどうかはわからない。けれど有能な人物であることはまちがいなく、フェリクスが彼の娘を妻にすれば、娘を王妃にするべくフェリクスの強い力になるだろう。そうすれば、彼が次期国王になるのに何の不足もなくなるし、兄弟間の争いもなくなる。

（カミーユ様は学者肌の少年で本当に国王にはなりたがっていないようだった。フェリクス様も国王になりたくない、と言っていたけれど、弟に遠慮しているだけ。素質は十分にある人だし、なにより大切な弟を守るためだ。きっと国王になることを受け入れるだろうし、良い国王になる）

どちらにせよ自分が彼の傍にいて、万が一彼の妻になってしまえば、フェリクスは望まなくても後継者争いに巻き込まれるだろう。それにもし大切な弟に王位を譲りたいのなら、真正面から彼が王太子になり中継ぎの王として王位を得て、それから弟に譲ればいいのだ。

エミーリアが身を引けば、すべての人に取って良い結果になるだろう。そう確信すると、カップに入っていた紅茶を一気に飲み干して、ベルティエに礼をする。

「わかりました。それではフェリクス様を……よろしくお願いします」

言葉を口にした瞬間、言葉は現実の重さを伴った。心臓が壊れるかと思うほど軋み、ズキリと痛みが生じる。

(こうなって……改めて、こんなにもフェリクス様のことが好きだったことがわかるなんて……)

皮肉な事だ。そう思いながらエミーリアは公爵邸を辞去したのだった。

第九章　すれ違う二人の想い

「それでお茶会はどうだった？」

ベルティエ邸から戻ってきた後、心配していたフェリクスにそのことについて尋ねられた。

「多少嫌みと当《あ》て擦《こす》りのようなことは言われましたけど、その程度でした。父の動向などを知りたかったのかもしれません」

エミーリアはフェリクスに嘘をつく心の痛みを感じながらも、顔だけは平然として、何もなかったかのように答えた。今日宰相と会った時のことをすべて話せば、きっと彼はエミーリアを引き留めてくれるだろう。でもそうされたら、彼から離れる決意が台無しになってしまう。彼の為にそうするわけには行かないのだ。彼女がとりつくろった表情のお陰でフェリクスには、真実に気づかれないですんだようだった。

「それならよかった。なんにせよ、貴女がこの問題で責められることは何一つないのだから、何かあれば俺に相談してくれ」

ホッとしたように答えた彼はエミーリアの額に掛かる髪に触れ、それを耳に掛ける。大きな手のひらが彼女の頬を撫で、穏やかに目を見つめて微笑みかけた。

（優しく、しないでほしい……）

微笑みかけてくれる彼に自分は嘘をついているのだ。こんな風にされたら余計にフェリクスとの別れの時が来るのが怖くなってしまう。大切な人を見るような優しい顔で見つめないでほしい。一瞬奥歯を噛みしめ、それでもなんとか笑みを唇に浮かべた。

「心配しないでください。私は大丈夫ですから……」

「そうか、でも本当に何かあったら知らせてほしい。貴女は俺の婚約者なのだから……」

彼はエミーリアの額にそっとキスを落とす。そのまま唇にも優しいキスが降ってくる。かりそめの婚約者だと自分に言い聞かせているエミーリアにとっては、そうされればされるほど、割り切れなくなって辛い。

彼の行動に役割ではなく、少しでも愛情のかけらのようなものを見いだしてしまったら、それにすがりつきたくなる。葛藤する気持ちをなんとか理性で無理矢理抑え込んだ。

「……今日はなんだか疲れました。早めに休むことにします」

そう告げ、やや強引に彼の腕の中から逃れる。すると彼はもう一度髪を撫でてから頷く。

「わかった。じゃあまた明日……おやすみ」

まるで愛おしい恋人のように別れを惜しむ彼を部屋の外に見送ると、エミーリアは力尽きたようにソファーに腰を下ろした。しばらく侍女達も遠ざけて一人で頭の中を整理する。

（こんな思いをすることになるなんて、最初、フェリクス様の婚約者を引き受けた時には思いもしなかったのに……)

彼のことを好きにならなければ、役割を終えて身を引く時にもなんとも思わなかったに違いない。最初はそのつもりだったのに、いつの間にか気持ちが変わっていってしまったのだろう。

(私のことを好きだと言ってくれたこともあるけれど、でも勘違いしちゃいけない。フェリクス様にとって一番大切なのはカミーユ殿下だから)

彼が本当に好きになれる人ができるまで傍にいよう、そう思っていたけれど、今となってはそんな人が見つからないうちに立ち去ることができて良かったのかもしれない。

彼が愛しく思う女性を抱き寄せる様子なんてみたくない。きっともっと辛くなっただろうから。

(そうだよ、私、そもそもここでは前世みたいなしんどい生き方はしないって決めてたんだよね)

エミーリアの気持ちに寄り添うように、ヤマトがやってきて何も言わずに膝の上で丸くなる。それをそっと撫でて囁く。

「ねえ。ヤマト。私、一人で町に行って穏やかに過ごそうと思うの。社畜みたいな働き方をしなくても、女一人でものんびり暮らすことぐらいできるよね」

そう呟くと一瞬涙が零れそうになった。けれど泣いてもどうにもならないことが世の中にあるのだ。唇を震わせながら告げた言葉に、今日のヤマトは猫らしくニャアと鳴いて答えるだけだった。

それから感情を押し殺し、一晩かけて後の方針を決める。それからの彼女の行動は素早かった。

（王宮にいたせいで生活費はほとんど掛かってないし、給金は全部貯《た》められた）

それに王宮で仕事をしたお陰で、お嬢様のエミーリアも、すこしは世間を知ることができた。おかげで王宮を出ても実家に戻る事なく、町に出て一人で生活することも可能だろう。

フェリクスに気づかれないように少しずつ町に降りる準備を整える。きっと彼は優しいから、エミーリアが姿を消したと知れば探してくれる気がする。中途半端に連れ戻されてしまったら、すべてが台無しになる。だからこそ完璧に姿を消さなければならない。

そんな決意の元、仕事で町に出るたび、王宮から入っていた給金を金貨に替えて持ち歩けるようにしたり、持っていた宝石類を換金したりした。

「これだけあれば……質素に暮らせば、しばらくは働かなくてもすみそうかな」

やっぱりホワイト職場は最高だ。だからこそそんな職場でもう働けなくなることが悲しいけれど。

エミーリアが王宮を出る準備を密かに進めている間、フェリクスは多忙を極め、エミーリアと過ごす時間も取れなくなっていた。第二王子襲撃騒動以来、自分自身が政争の具にされないように、情報を収集することに追われていたからだ。それをいいことにエミーリアは着実に自分の出奔の準備を重ね、数日でいつでも王宮の外に出て行けるように準備を整え終わった。

そしてあのお茶会から一週間後、エミーリアはフェリクスに久しぶりに夕食に誘われた。すべての準備が整ったから、明日には仕事を理由に王宮を出て、そのまま姿をくらますつもりにしていた。

（今姿を消してもしばらく生活できる用意もできた。だから、きっと今夜が最後の夜になる……）

あれ以降、正式に結婚するまではと言って、彼と深い関係になることは避けている。もしこれ以上彼に触れられたら、もう離れられなくなるから。

最後の晩餐だ。いつもより念入りにお化粧をしてもらい彼に会いに行く。

「エミーリア、今日は特別に綺麗だね。どうしたの？」

するとそんな彼女の決意に気づいていない彼がさらりとエミーリアを褒めるのだ。

「……ありがとうございます」

彼に不審に思われないように、いつものように彼の手を取る。大きな手に包み込まれた左手には、あの日贈ってくれた婚約指輪が、母の形見の指輪と共に輝いている。いつだってエミーリアの気持ちを優先してくれる大切な人。この世界で永美とエミーリアのすべてを受け入れてくれた唯一の人だ。

そんな愛おしい人の元から離れなければならない。

一瞬泣きたいような気持ちになるが、ぐっとそれを堪えて、彼女は微笑んで見せた。

二人で向かうのは、この間の温室だ。桜の木は既に花をすべて落とし、新緑の葉が顔を見せている。

新しい季節がやってくるのだ。エミーリアは次の自分の人生を思い、その緑に目を向ける。

「来年の春もまた、二人で花見をしよう」

彼は小さく笑う。当然のように未来の話をしている彼の気持ちが愛おしくて、苦しい。

「……そうですね」

そうできたらどれだけ良かったか。

（でも代わりに、フェリクス様は来年カミーユ殿下や、国王陛下と一緒に穏やかな時を過ごしているよね、きっと）

その頃にはフェリクスは、彼の王妃となる女性と一緒にいるのかもしれない。そこまで考えると、全身が震えるような感覚と締め付けられるような胸の苦しみを感じる。それは彼の幸福だけを祈れない、醜い自分の嫉妬心だ。エミーリアは小さく首を横に振った。

「食事、いただきましょうか」

最後の食事だ。笑顔で過ごそう。忘れられないくらい、一生で一番楽しい思い出にするのだ。エミーリアはそう決意して綺麗な微笑みをフェリクスに向けると、彼も幸せそうな笑顔を返してくれた。

「フェリクス様って演技力ありますよね。あの田舎貴族の真似とか、すごくそれっぽかったです」

楽しい食事は進み、今はお酒を二人で飲んでいる。エミーリアの言葉に、フェリクスは酔った勢いで、ボンボンの演技をもう一度してみせる。

「いや、ここにお金ならあるんだよ。金貨で百枚！」

金貨の詰まった袋に見立てたお酒の入ったグラスを机の上に置く。お酒が入っているので、そんなくだらないことがおかしくて、ケタケタと笑ってしまった。

「あの組合長……すっかり騙されてくれたな」

「まさか組合長もフェリクス様が第一王子なんて思ってないですよ。今も」

「まあ、そうだろうな。意外と俺は演技には定評があるんだ」

彼はクスクス笑うと、お酒を口に運ぶ。

「フェリクス様は不思議な人ですね……」

この国の第一王子だというのに偉ぶるところは一つもない。庶子出身だからという理由はあるとしても、そもそも彼はとても性格が穏やかで優しい人なのだ。

「だから、カミーユ殿下も、国王陛下もフェリクス様のことを大切に思っているんですね」

エミーリアがそう言うと、彼は柔らかく目を細めた。

「俺にとっては……唯一の家族だから。父上はもちろん、カミーユも半分だけとはいえ、血が繋がっていて。母親を亡くした俺にとっては、本当に大切な数少ない家族なんだ……」

グラスを見つめてぽつりと呟く。その様子にエミーリアは胸の前でぎゅっと手を握りしめた。

「ええ、見ていてわかります。陛下もカミーユ殿下もフェリクス様のことを愛してくださっています。……大切な、家族なんですよね」

本当は目の前の人と家族になれたら良いのに、と思っていたけれど、それは叶わない夢だ。

「ああ、そうだな」

フェリクスがエミーリアの手を取ると、席を立つように手を引く。この所忙しくしていたからだろう、酔いが回って足元が怪しい。楽しそうに笑いながら、彼はエミーリアの腰を抱く。

「今日は一緒に寝よう。結婚するまでは何もしないから、今夜は朝まで貴女と一緒にいたいんだ」

彼は目を細めエミーリアの額にキスを落とす。驚いているエミーリアを自分の寝室に招き入れる。

「何もしないって？」

それはもう自分が欲しくないからだろうか。単に話し相手が欲しいだけ？　そういう意味ではないと思いたいけれど、確かめる事もできずに相変わらず自分達の関係は中途半端なままだ。

（いや、中途半端な関係でいいんだ……）

明日にはここを立ち去るのだから。

「ああ。この間は……俺の気持ちが昂《たか》ぶりすぎたから。本来は未婚の貴女にあんな事をしてはいけないんだ。ちゃんとわかっているさ」

本当はわかりたくないのに、とフェリクスはぶつぶつと文句を言う。けれど彼は真面目で誠実だ。だからこそ、誰よりも幸せにしてあげたい。……本当の、彼の大切な家族と。

照れ隠しのように笑う彼は、エミーリアを抱いて、そのままベッドに転がり込む。

「未婚ってことを気にするなら、私とこんな風にしたらダメなのでは？」

酔っ払いながらも一応正論を言うエミーリアに、彼は悪戯っぽく笑い声を上げると彼女の唇にキスをする。

「本当はダメだけど、このくらいは許して欲しい。ちゃんと責任は……取るから」

その言葉にエミーリアはゆっくりと目を見開く。

「責任を、取る？」

「ああ、貴族女性の処女をあんな形で奪ってしまったんだ。だからどんなことをしても……貴女を見つけて、結婚……しなければと、そう思っていたんだ」

楽しげに笑う彼の声が徐々に途切れ途切れになる。エミーリアは彼の本音にぎゅっと心臓を捕まれたような心地がした。

（やっぱり……そうだったんだ）

もしかしたらそうなのではないか、と懸念していたことが当たってしまっていた。

何も答えないエミーリアの返答を待てず、彼は襲ってくる眠気に負けて目を自然と閉じた。このところ寝不足が続いていた上に、酔い潰れるほど酒を呑んだ彼はエミーリアをしっかりと抱きしめたまま、すぐに寝息を漏らし始める。

「だけど、もう大丈夫。全部……解決できたから、後は貴女を……」

エミーリアには寝言の内容までは聞き取れなかった。だが何か大切なことを言われた気がして、横たわって彼の顔を見つめた。

（……そうか、そうだよね）

だがエミーリアはフェリクスを見て、小さく苦笑を漏らしていた。やっぱり彼は責任を取ろうとして、彼女を王宮に招き、そして自分の婚約者としたのだ。その事実がわかって、力が抜けた。

「やっぱり申し訳なく思ってくださってたんだ」

正直落胆の気持ちは大きかった。でもそれ以上に離れる決意に背中を押されたように、ホッとする気持ちに意識を向ける。

(責任なんて取らなくていい。彼を解放してあげよう)

ぎゅっとエミーリアを抱きしめながら寝てしまった彼の顔を至近距離で見つめる。彼は何か寝言を言っている。彼の髪を額から避けて、眠っている彼に囁きかける。

「もう……フェリクス様、何が言いたいのか全然聞き取れませんよ……」

彼の高い鼻筋をなぞり、唇に触れる。ふにゃふにゃとまだ何か寝言を言っているようだけれど、完全に寝てしまった彼の言葉はわからない。けれど愛おしい人の顔を見ていたら、エミーリアは自然と泣き笑いの表情になっていた。

「まったく……フェリクス様は困った人ですね……」

安心しきって眠っている彼の表情を見ていると、愛おしさに涙が零れそうになる。

綺麗な人は閉じている目の瞼の形すら綺麗なのだと思う。目の下は薄く刷いたようなくまがあって、ここしばらく彼が寝る間も惜しんで様々な調整を行ってきたことが伝わってくる。

「フェリクス様は人から信用されるし、人を信用することを知っている人なのに、一番大変なところは全部自分が背負い込むのが心配です」

閉じられた目を手のひらで覆い、耳元に囁く。

「私がいなくなっても、無理はしないでくださいね。約束ですよ」

自分がいなくなれば、彼は自然と王座に押し上げられる。特にベルティエ宰相は権力とフェリクスが結びついている限りは力強い味方になるだろう。安定的な王権は、王宮だけでなく国家全体の安寧に繋がる。エミーリア個人の幸福だって、国が安定してのことなのだ。それになにより、彼は家族を愛しているから、家族とともに幸せになってほしい。

そのうち、彼にも自分の家族ができるようになるだろう。デボラはエミーリアには敵対していたけれど、それもフェリクスのことがとても好きなせいだから、きっと彼を愛してくれるに違いない。

「幸せに……なってくださいね。大切な人達と一緒に」

彼が寝てしまったら、さっさと立ち去るべきなのに、どうしても名残惜しくて、夜はまだ長いからとその場を立つことができない。

月明かりの下で眠る彼をじっと見つめる。

彼の睫毛の色は、髪と同じ銀色でふさふさと密に生えていて艶があって長い。話す時は楽しそうに目を縁取って大きく開かれ、悲しいときには優美に伏せられることをエミーリアはよく知っている。

彼の眉毛は男性にしては優しいラインを描いていて、不機嫌だったり困っていたりすると、親しい人の前では容易に形を変える。そうして彼の気持ちを雄弁に伝えてくれるのだ。そっと彼の眉毛を撫でると、くすぐったいのか小さく彼は笑った。秀でた額は光を放つように白く輝いている。

(私の愛おしいフェリクス様が幸せでありますように……)

彼に数多《あまた》の幸福が降り注ぐことを祈りながら、彫りの深い眉間から額にかけて撫でた。

「フェリクス様……本当に……大好きですよ。この世界で一番貴方が大切なんです。だから絶対に幸せになってください」

王子様はあまり髭《ひげ》も生えないのか、こんな時間なのに肌まで綺麗だ。そっと頬を撫でて、唇にキスを落とす。一瞬目が覚めて、エミーリアの手首を捕らえて、『もう離さないよ』と止めてくれたらいいのに、と身勝手な妄想をする。

彼に触れただけで決心がまた鈍る。けれどこの世界には努力ではどうしようもない身分差があって、彼はその身分差に、国で最も高い地位にいながらも苦しめられてきた。

(彼が相応しい立場でいるためには、その後ろ盾が必要で、私にはそれを彼には渡せないってわかっている)

そう判断したから、離れようと決意したのに……。胸の中に降り積もる雪のように、不安と悲しさが蓄積していく。

この世界で意識が覚醒して、最初は悪役令嬢のルートを変えるために必死だった。新しく生まれた世界で、少しでも幸せな生活を手に入れようとあがいた。

「本当。フェリクス様と出会わなかったら、悪役令嬢らしい、最悪のエンディングを迎えていたかもしれない……」

エミーリアはふと彼と再会したときのことを思い出していた。媚薬に犯されていた彼に、娼婦と勘違いされて一夜を共にした時でも彼は優しかった。

次に会った時は、婚約者に突然襲われて、大切な母の形見の指輪を捨てられて、自分の自由もすべて奪われそうになっていた。そんな最悪な婚約から助けてくれて、実家からも救い出してくれたのだ。

エミーリアは彼の頬を撫でていた左手をじっと見つめる。母の指輪に添わせるように並べられた彼の瞳の色の指輪。それは彼が、エミーリアの過去と永美の過去をすべて受け入れてくれた証拠だ。

桜のような花びらが降り注いだ、二人で恋人のように過ごした夜も……。彼が歌ってくれた妙に上手すぎるバースデーソング。慣れない言語なのに美しかった歌声が、エミーリアの心の中に溢れてくる。

『ハッピーバースデー、エミィ』

あの瞬間が、永美とエミーリアを二人合わせても、生まれて来た中で一番幸せだった時間だ。

彼の思い遣《おもや》りがおかしくて、幸せで、堪えきれず涙を零して笑った。

「あー、私、未練がましくてダメだ……」

断ち切るように『責任を取る』という彼の言葉を思い出す。

「本当に優しすぎますよね……でももう私に対しての責任は取らなくて大丈夫ですから」

優しくて、愛おしい、永美とエミーリアの最愛の王子様。

「フェリクス様、愛しています。だから……私がいなくても、幸せになってくださいね」

何度目かの祝福を祈り、ぎゅっと拳を握ってそれ以上彼に触れないように自分に言い聞かせる。もう一度キスをしたい。でもそうしてしまったら、もう永遠に彼の傍から立ち去れなくなるだろうから。

まだ朝日が差し初める前の暗い部屋で、エミーリアは身を起こし、そっと彼の周りを暖かい布団で覆う。

（――さて、急がなきゃ）

朝日が昇るまでには、出立の準備を整えなければならない。

エミーリアは彼のベッドから立ち去ると、後ろを振り向かないようにして彼の部屋を出ていったのだった。

◇◇◇

このところ疲れていたせいか、それとも深酒をしたせいか……。フェリクスが目を覚ますと既に昼を回っており、隣にいると思っていたエミーリアは朝方に自室に戻ったと侍従に告げられた。

「戻るなら……起こしてくれたら良かったんだが……」

髪を気だるげにかき上げてぼやくと、侍従は淡々と答える。

「フェリクス殿下はお疲れなので、ゆっくりと眠らせてあげてくださいと、エミーリア様はそうおっしゃって早朝に部屋を出られたそうです……」

静かに発せられた侍従の言葉すら、頭にガンガンと響く。頭痛を耐えて、目を瞑ったフェリクスは溜め息をつき、再び枕に頭を沈み込ませた。

「殿下、少々お酒が過ぎたようですね。ただいま鎮痛剤と酔い覚ましを持ってまいります」

彼の様子を見てそう判断したのだろう、薬を取りに出て行く侍従の背中にちらりと視線を送ってフェリクスは溜め息をついた。

(昨夜は途中から相当に酔っ払っていたから……)

今まで鬱屈していた気分が少し解放されたせいだろう。

窓のカーテンを直接日差しが目に入らない程度に開けているから、部屋は仄かに明るい。ベッドの乱れを確認すれば、どうやら自分の欲望は抑え込めたらしいと知ってホッとする。昨日楽しそうに笑っていたエミーリアを思い出し、胸がじわりと温かくなる。あと少し、もう少しだけ事態が進めば……。

(エミーリアを正式に王太子妃として娶ることができる)

もちろん国の大事なので、彼がこの一週間で決断したことについての発表は先になる。だがそれさえ国内に発表されれば、ハイトラー侯爵家との関係についてもさほど気にしなくてもよくなる。エミーリアに不安な思いをさせることもないだろう。

(勅命が出るまでは誰にも告げられないから、エミーリアにもまだ言えていないが……)

この話さえ発表されれば、すべて解決する。

フェリクスはこの一週間を掛けて、国王とミュッセ公爵と王妃と会合を重ねてきた。それはフェリクスを王妃の養子とするための手続きについての話し合いだった。

(こんな年齢になってから、養子縁組みする事になるとは思わなかったが……)

フェリクスは今回の件があって、改めて国王と話し合いをし、弟を守るため立太子して次期国王となる決断をした。なによりそれが一番弟を守る行動になると判断したからだ。だがその場合、第二王子派の人間達を抑え込むのに、後ろ盾のない自分では苦労する事も、二人の王子をめぐる権力闘争に巻き込まれかねないこともわかっていた。

（それを回避するには、一つは強い権力をもつ姻戚をもつこと……）

例えばベルティエ公爵の娘デボラのような女性と結婚することだ。もちろんこの選択はエミーリアを愛している自分にはできない。

（もう一つの方法は、既に亡くなった実母の代わりに、俺が新しい養母を持てば良い……）

国内で誰よりも権力を持ち、なおかつ高貴な血を持つ養母となりうる女性。……それは現王妃である。本来ならなさぬ仲の子であるフェリクスを養子には望まないであろうことは明白だったから、結婚した当初も養子縁組みの話はでなかった。

（だがカミーユが連れ去られそうになって、大事な我が子を守りたいという気持ちが強まったのだろう）

王妃が受け入れてくれるならそれが一番平和的な解決になる。フェリクスが国王夫妻の養子となれば、フェリクス自身もミュッセ公爵家を実家にもつ母を得ることになる。カミーユと同じ両親をもつことになり、権力基盤が一緒になるのだ。

（それにカミーユが成人して、それこそ妻帯でもしたら王位を譲ると誓約を交わしてもいい……）

もともと自分が王位に相応しいとは思っていなかったこと、弟が王位を継いでくれれば一番良いと考えていた事などを、人伝えではなく自分の言葉で直接に王妃に伝えた。

改めて思えば、それが一番良い方法だったのだ。それからフェリクスは短期間で問題を解決するために、国王夫妻とミュッセ公爵と連日話し合いを進めた。そして両者の承諾を得て、半月後の吉日にフェリクスと王妃との間で養子縁組みを行い、立太子について発表がされることになったのだ。

「フェリクス様、薬をお持ちしました」

侍従から届けられた薬を飲むと、フェリクスはすこしだけ目を閉じる。もう少しだけ眠ろう。頭痛が治まったらエミーリアに会いに行こう。そして養子縁組みについての具体的な話はできなくても、今後予定される結婚式の日取りについての話ならばできるだろう。

未だに何かを隠している様子の彼女の本音を、少しずつでも聞かせてもらえるように、まずは自分の話をしていこう。

一つの難題を片付けてようやく安堵したフェリクスは、ゆっくりと目を閉じる。その時彼は、ほんの些細《ささい》なすれ違いが、大きなボタンの掛け違いになるとは思ってもいなかったのだった。

第十章　自由で気ままで、切ない日々

エミーリアが王宮を立ち去ってちょうど一ヶ月。

エミーリアはベッドから起き上がると、大きく伸びをして、ベッドから一番近い窓を開ける。黒猫のヤマトがエミーリアの足元にじゃれつくのを見て、しゃがみ込んで額の辺りをするりと撫でる。

「今日も良い天気になりそうだね」

窓からは明るい日差しが燦々《さんさん》と差し込んでいる。エミーリアは長い黒髪を三つ編みにした。正体をバレにくくするために、金髪を黒髪に染めたのだ。

（なんか黒髪にしたら元日本人としては、落ち着くかと思ったのに）

改めて今の髪を見て不思議な気持ちになった。すでに金色の髪の方が馴染んでしまっていたのだ。

西部で仕事を終え、こちらに戻るときに最初にしたことは、黒の染め粉を買って、エミーリアの綺麗な金髪を黒く変える事だった。エミーリアを探す人は、彼女の美しい金髪をきっと覚えているだろうと考えたからだ。

一瞬エミーリアの金色の髪を梳くフェリクスの指先を思い出して、慌てて首を左右に降った。

「ヤマト。今からご飯準備するからね」

気持ちを切り替える様にそう声を出すと、ヤマト用の食器に猫のご飯を用意する。ヤマトが食事にかぶりついているのを見て、エミーリアは下着の上に一枚簡素なワンピースを着て明るい外に出て行く。

「昨日の夜パンを食べ切っちゃったから、まずはハンナの店でパンを買って～」

わざと声を上げて元気よく歩き始める。

あの日フェリクスのベッドから出た後すぐに王宮の自分の部屋に戻り、朝一番に王宮を出発した。元々西の穀倉地帯に調査の予定を入れていたので、周りの人間にはそのように伝えてある。

調査をしつつ時間稼ぎをして、そのまま行方をくらます予定だ。疑われないように、換金していた金貨を詰めた小さな旅行バック一つだけ、持っていく予定だったのだけれど。

「え、僕まで置いていくつもり？」

いやいやないよね、と言う顔をして話し掛けるヤマトは、このところ人の言葉を喋らなかったけれど、どうやら普通の猫のふりをしていただけらしい。平然と宙に浮くと、エミーリアの肩に乗り、最初そうやって出現した時の逆回しをするように、髪の中に顔を突っ込むと、姿を消した。

「僕はエミーリアについていくよ」

頭の中で声が響いたのを聞いて、エミーリアはたった一人で暮らしていくつもりだったから、ヤマトの気まぐれな行動に心をひどく慰められたのだった。

そしてエミーリアは西部で調査結果を書類にまとめ送付した。それとは別にフェリクス宛に『婚約を破棄して欲しい』という手紙も送った。その手紙が王都に届くより早く自分も王都に戻る。王都から少し離れた郊外の家は、実は娼婦のマデリンに紹介してもらったのだ。

(最初は西部に住もうと思っていたけど……)

組合長のメーガンに頼めば、顔が広いしどこか良いところを探してくれるのでは、と考えた。けれどエミーリアが姿を消したと聞けば、フェリクスは最初にメーガンのツテを疑うだろう。

(フェリクス様は義理堅い人だから。私が行方をくらましたってなったら、必死に探してくれそう)

でも見つかってしまったら、それこそ情に流されて彼の傍を離れられなくなりそうだから、まずは完璧に隠れようと決めた。

なので、お祝いを贈る先として聞いていた、元下町の娼婦マデリンの嫁ぎ先に連絡をとった。王都の郊外でどこか住めるところはないか、紹介してくれる人間はいないかと相談の手紙を送ったのだ。するとと彼女からのツテで王都からほどよく近く、それでいて人に気づかれにくい郊外の家を見つけてくれた。

(お陰で後を追ってくる人達を完全に撒《ま》くことができたみたい……)

エミーリアは西部で姿をくらましたし、ツテもそちらにあると思い込んでいるだろうから、まさか王宮のある王都の郊外に彼女がいるとは予想をしていないはず。

（灯台もと暗し、ということで……）

一人住まいの小さな家の玄関を出ると、エミーリアは歩いて十五分ほどの王都の町に向かう。

「やっぱり自由な生活っていいわ～」

元々長い間一人暮らしをしていた永美にとっては、自分の世話だけすればいいこの生活にはすぐに馴染んだ。もちろん時折フェリクスの夢を見て、真夜中に一人切ない気持ちにはなることもある。けれどきっとその悲しみも永遠に続きはしないし、朝日が昇ればまた新しい朝がやってくるのだ。

「パンを持って事務室に顔を出そうかな……」

住んでいるのは郊外だが、町で今まで溜めた資金を元に事業を始める準備をしているのだ。

ハンナの店で美味しそうなパンをいくつか買って、『コリント商会』と書かれた扉を開ける。

「おはよう、マデリン。なんか良い匂いがするわね」

エミーリアがそう言って声を掛けると、奥でスープを作っていた女が声を上げる。

「エミィ、ちょうどいいところに来たわね。スープができているから。二日酔いに最高に効くのよ、このスープ」

「ありがとう。私はハンナの店でパンを買ってきたわ。一緒に朝食にしようよ」

そう言葉を返すと、部屋の奥から出てきたのは、あの娼婦のマデリンだ。マデリンは夫と共に行った西部の田舎暮らしに数ヶ月で飽きて、夫の父が経営しているコリント商会の、王都の支部を立ち上げるという名目で、王都に戻ってきているのだ。

「昨日は久しぶりに友達と飲んできちゃった。昔の娼婦仲間に会うのはさすがに夫がいい顔しなくて、こっそり会ってきたんだけどさ、やっぱり王都は良いわね」

そう言いながらスープをトレーに入れて二つ持ってくる。エミーリアはそのトレーの上にパンを載せると二人で食卓を囲む。

「やっぱりエミィの話を聞いて、王都に私も戻るって決めて大正解だったわ」

「新婚なのに旦那様、寂しがっていない？」

夫を西部に置いて王都に戻ってきてしまったマデリンにそう尋ねると、彼女は勝ち気な表情のままにんまりと笑った。

「寂しいから彼も王都に出てきて、こっちの商売の手伝いをするんですって。来月にはこっちに来るみたいよ」

なんだかんだ夫婦仲は悪くなさそうでよかった。なによりこんな魅力的な女性を放ってはおけないだろうと、少しだけ彼女の夫に同情する。けらけらと笑う陽気な元娼婦の言葉に頷きながら、エミーリアはスープを口に運ぼうとした瞬間。

「……うっ」

突然、胃の中がひっくり返りそうなほどの強烈な吐き気が込み上げて来て、エミーリアは慌てて立ち上がり、流し台に向かった。胃の中の物を吐き出してしまいたい衝動に駆られるが、胃が空っぽで何も出すことができず、気持ち悪さにその場に座り込んでしまった。

「……大丈夫？」

心配そうに背中をさすってくれるマデリンのお陰で、少しマシになったエミーリアがふらふらとソファーに倒れ込むように座ると、マデリンが冷たい水を持ってきてくれた。それをゆっくりと飲んでいると吐き気が落ち着いてきた。

「……ねえ、念のため聞くんだけど」

するとマデリンはエミーリアの額に冷たい手のひらを載せて、顔を覗き込んで心配そうに尋ねる。

「エミィ、アンタ妊娠してたりは……しないわよね？」

「え？」

このところ忙しすぎて気づいていなかった。

「そういえば……生理、来てない、かも」

ハッと顔を上げたエミーリアの額から手を外したマデリンは、じっとエミーリアの顔を見て溜め息をつく。

「まずは医者に行って確認してきなさい。話はそれからよ！」

そして医者で診てもらった結果……。

「私、妊娠してるって……」

呆然としたまま、事務所に戻ってきたエミーリアの第一声を聞いて、マデリンはハァッと溜め息をついた。頭が痛いとばかりに自分の額に手を当てている。

「心当たりは……あるのね？」

コクリ、と頷く。

（間違いない。フェリクス様の……子供、だよね）

それ以外の可能性はあり得ない。躊躇いながらもそっとお腹に手を置く。ここに既に命を授かっているのだと聞くと不思議でたまらない。

「……子供、産むつもり？」

お腹に手を当てて呆然としていたエミーリアを見て、マデリンは真剣な顔で尋ねた。エミーリアは即座に頷いていた。

「もちろん」

わざわざ自分の所にやってきてくれた大切な命だ。それ以外の選択肢なんてあり得ない。

「その子……愛している男の子供、なの？」

「ええ……もちろん」

「でも別れたんでしょ？　その男とやり直す気は……？」

彼女の言葉に一瞬遠い目をしてしまう。最近、フェリクスが次期国王になる準備として、立太子の儀式を行うことになったということは、王都の平民達にも噂が流れてきている。

（この子が生まれる頃には……フェリクス様は王様になっちゃっているよね）

きっと彼は立太子しても大丈夫だと確信できるだけの何かを手に入れたのだ。多分……ベルティエ公爵と組んだのだろう。

（デボラ嬢と結婚するのかな……。でもだとしたら、余計に妊娠のこと、知られる訳にはいかない）

ベルティエ公爵の冷たい目を思い出して、ゾッと背筋が寒くなる。

（妊娠発覚する前に、王宮を出て良かったのかもしれない……）

望んでいなくても、お腹の中の子は新国王の第一王子か、王女になるはずだ。そうなれば、ベルティエ公爵は黙っていなかっただろう。もちろんフェリクスは自分を守ろうとしてくれることは確信できる。でも自分の存在が彼の選択肢をものすごく狭めることになるのだ。それに……。

（カミーユ殿下ですら、襲われたんだ……）

正統な第二王子ですら襲撃されかけたのだ。その事実を思い出しぎゅっと拳を握りしめる。

自分の、まだ子供の存在など一切感じさせない真っ平らなお腹を見つめる。困難なことがたくさん想像できるのに、それでも……嬉しい。

マデリンは何も言わずにエミーリアの答えを待っていてくれていた。

「この子の父親とはやり直せないけれど、でもすごく好きな人で、大切な人なの……」

じわりと涙が目の縁に盛り上がってくる。指先でその涙を払って、エミーリアは微笑む。

「現在進行形か……」

呟いたマデリンの言葉は小さくてエミーリアには聞こえない。

「大丈夫。私、一人でもちゃんと育てられる」

真っ直ぐとマデリンを見上げて宣言すると、マデリンは何故か目を真っ赤にして、そのくせ呆れたというように胸に溜まっていた息を一気に吐き出した。

「……わかった。相手には知られたくないってことでいい？」

「ええ」

マデリンの目を見て大きく頷くと、彼女は聖女のように微笑んでくれた。

「仕方ないな。残念ながら私、仕事柄こういうのには慣れてんのよ。まずつわりがおさまるまでは、食べられる物だけ食べて、ちゃんと水分取って。お腹が出てくるまでは重たいものは絶対に持っちゃダメ。ってもう温かいスープはダメだったのよね。じゃあシトリーの砂糖漬けがいるわね。シトリー買ってくる」

シトリーとはこの世界のレモンのような酸っぱい果実だ。ここでも妊婦には酸っぱい物を食べさせるのだと知ってちょっと楽しくなる。前世でも子供を授かったことがないから、これは本当に生まれて初めての経験だ。

嵐のような勢いで外に出掛けていったマデリンを見送って、エミーリアはソファーに身を沈めた。

（そっかあ……）

もう一度そっとお腹を撫でる。さっき事実を知ったばかりの時は温度すらわからなかった。けれど今触れると新しい命を授かったお腹はなんだか温かい。まだ小さいから間違いなく気のせいなのだけど、ドクリドクリと心臓が鼓動する気配を指先が拾っているような気分になる。

「私に、赤ちゃんができていたんだ。フェリクス様との……」

そう呟いた途端、何故か目元が熱くなり、ぶわりと涙が溢れてきた。

刹那、忘れようと思っていたフェリクスの柔らかい笑顔を思い出す。楽しそうにダンスを踊る姿や、お金にだらしないボンボンのふりをしていた時のおどけた表情も。

真剣に指輪を贈ってくれた時の優しい表情に、桜を見せて誕生日を祝ってくれた時、愛おしげに触れてくれた手も、彼の乱れた呼吸も熱い体も、全部、ぜんぶ。

「フェリクス、様……」

ぐっと唇を噛みしめて、溢れる涙を堪えようとする。

「まだ一ヶ月。……たった一ヶ月しか経ってないもの。忘れられるわけないよ……」

あの時は彼と彼の大切なものを守りたい一心だった。彼への想いを断ち切らなければいけないと思って王宮を飛び出した。だからもうフェリクスには二度と会えない、その姿を見ることすら許されない、そう思っていた。

「でも……あなたが来てくれたのね。ありがとう。私のところに来てくれて……」

フェリクスはやっぱり優しい。こんな形で大切な命を残してくれるなんて……。

（きっと……これから大変なことがたくさんあることはわかっている）

現実は厳しい。まずフェリクスとの子供の存在は絶対に隠さないといけないし、その上で子供を幸せにしなければならない。

（それに……私自身も幸せにならなきゃ‼）

最初この異世界で意識を取り戻したときに、幸せになると誓ったんだ。瞬間、三つ編みと首の間からするりと猫が顔を出す。

「なるほど、そういう展開なんだね。現実はゲームよりなかなかドラマチックだねえ」

「――っ」

びっくりして悲鳴を上げそうになった。

「お願いだから、ヤマト、そういう出方は勘弁して！」

郊外の屋敷に置いてきたけれど、どうやらこの猫は、エミーリアのいるところならどこからでも現れることができるらしい。

「おめでとー、永美」

それだけ言うと、当然の顔をして、膝の上に降りてきて丸くなる。状況の如何《いかん》に関わらず、自分の本能優先で、いつも通り撫でろと視線を上げて主張しているみたいだ。

「……ありがとう、ヤマト」

祝いの言葉が嬉しい。その眉間を撫でてやると、猫は目を細めて機嫌の良さそうな顔をした。

「ま、きっと何とかなるよ」

ぽつりと呟いた猫の言葉に、エミーリアは大きく首を横に振った。

「何とかなるよ、じゃなくて。私が絶対に何とかする」

エミーリアの言葉に同意するかのように今度は猫っぽく、ヤマトはナァと小さく鳴いた。

◇◇◇

あれから数ヶ月。

このところ賑《にぎ》やかだった胎動が徐々に落ち着いてきて、いよいよ出産の日が近づいてきている。エミーリアは産後の仕事復帰について話し合うため、マデリンの所に向かう。その途中、町中で噂話をしている女達を見かけて、つい足を止めてしまった。

「新しい国王陛下の姿絵を見た？」

「フェリクス様って素敵よね。平民にもお優しい方って昔から有名だったし」

「後は王妃様がどなたになるかよね」

「夫の話によれば、宰相の令嬢じゃないかって噂みたいよ」

女達は華やかな話題を楽しそうに続けている。エミーリアはぎゅっと軋むような胸の痛みを感じて、それ以上聞いていられなくて、慌ててその場から離れ歩き始めた。

（この間、戴冠式を終えたって噂は知ってたけど……）

もともと国王になりたくないとあれだけ言っていた人が、その地位に収まったのだ。それだけ家族を守りたかったのだろう。でも、とエミーリアはそっと自分の胸を両手で押さえるようにした。

会えない時間が何ヶ月過ぎても、ちっとも胸の痛みは治まらない。もしかしたらこのまま一生辛い思いをするのかもしれない。

(それだけ……フェリクス様が好きだったんだな、私)

いや多分、今も好きなんだ。たまにすべてを投げ出してもいいから、フェリクスに会いに行きたくなる。

(未練たらしいな。考えても仕方ない事はもう考えない。それより例の店に行かないと!)

エミーリアは気持ちを切り替えると、コリント商会が始めたレストランに向かう。すでに昼時を大分過ぎているのに、店の外には多くの客の行列があった。その横をすり抜けて、エミーリアは店に顔を出した。

「こんにちは。大盛況ね」

「どう?　体調は」

マデリンが顔を出して店の奥の特別室にエミーリアを案内してくれる。

「うん。順調だって。あと数日で陣痛が来るかもって……」

答えると、マデリンは笑顔を見せた。

「それはよかった。まあエミィが休んでいる間は、コリントバーガーショップは何とかやれると思うわ」

そう、この店はハンバーガーショップなのだ。商会で扱う加工肉用のあまりを早く処分するために、エミーリアが思いついたのがハンバーガーだった。これがまた目新しかったのか、王都で今、大流行している。

(妊婦には危険なジャンクだけど、やっぱり美味しいよね……)

マデリンが持ってきてくれたチーズバーガーのセットを受け取ると、ハンバーガーショップに似合わない豪華な部屋のソファーに座る。

ソーセージやハムを加工する際にあまる肉片を叩いて作ったハンバーグを、ソースとチーズと野菜の酢漬けと一緒に丸いバンズに挟み込む。すると現代日本を思い出させる懐かしいハンバーガーができあがった。もちろんフライドポテトは必須だ。

エミーリアは運ばれてきたハンバーガーをナプキンで包んで手に取ると、貴族の行儀作法を放り出して、大きな口を開けてかぶりつく。

「それで、フランチャイズだっけ？　お店の経営の方法を教えて、同じ名前の店をいくつも出すって言うの。興味を持った人がいて……」

当然人気が出れば、支店を出すことを検討するのはこの世界でも、元の世界でも一緒だ。だがそれには手間が掛かるし、それならアイディアと手法を売ってフランチャイズ経営をした方がいい、と言ったのはエミーリアだ。

カリカリサクサクのポテトを摘まみつつ、ジューシーなハンバーグをぱくついていると、マデリンは話を続けた。

「今、その人が店に来ていて、うちの人が相手をしているんだけど、どうも説明が上手くいってないっぽくてさ。もし良かったら食事の後、そっちに顔を出してもらえたら助かるんだけど」

彼女の言葉に頷くと、エミーリアは丁寧にナプキンで口を拭う。

「出産前の一仕事ね。いいわよ、話が進めば私も安心して産休に入れるし」

フランチャイズ展開については、この世界ではないシステムだから、なかなか理解してくれない人が多いので、たまにこうやって興味を持った人間に説明する事があるのだ。

「わかった。今から行きましょう」


その後、店の二階にある応接室に通されると、そこには横柄な様子の男が座っており、両側に体格の良い用心棒といった風体の男達を二人従えている。男の前にはマデリンの夫キャラハンが座っており、困惑顔をしていた。

「いえですから、何度も申し上げていますが、この店を売るつもりはありません！」

「失礼します」

その様子を一瞬で見て取ったエミーリアはわざと大きな声を出して、二人の注意を引いた。

「なんだ。この腹ボテ女は」

馬鹿にしたように見上げる男の前で、エミーリアは優雅に挨拶をして見せた。

「はじめまして。私エミィと申します」

にっこりと笑いかけるが、男は眉を顰めてじぃっとエミーリアの顔を見つめているだけだった。それから呆れたように声を上げる。

「ここの商会はもうすこしマシな人間はいないのか？」

「申し訳ありません。店のフランチャイズ展開の担当者は私でして。どうやら趣旨をご理解いただけてないようでしたので、ご説明に上がりました。まずはこのシステムですが……」

説明を始めようとするが、その途端大きな声で男に止められた。

「もう説明はいらん。俺はこの店を買い取りたい。話はそれだけだ。つべこべ言わず、さっさとこの店の権利と料理人の移譲についての書類を用意して、すぐにうちの商会に持ってこい！　金は言い値でやる」

男はもう一度エミーリアを見ると、ソファーから立ち上がった。横にいた用心棒らしい男が、エミーリアの肩に手を置いてニヤリと笑う。

「……お嬢ちゃん、この男の愛人か？　どっちにせよ身重の体じゃ無理は利かないだろう？　大人しくしたがっておいたほうがいい。腹の子が大事だろう？」

それだけ言うと、男達は部屋を出ていく。追いかけてきたマデリンが、男達の様子を外で聞いていたらしく、青い顔をしてエミーリアの元に駆け寄ってくると、夫に一喝する。

「アンタ、言われっぱなしでどうすんのよ。なんか言い返しなさいよ」

それからエミーリアの顔を見て慌てて頭を下げた。

「エミィ、ごめん。顔出してなんて言わなきゃ良かった……怖い思いさせて本当にゴメン」

キャラハンは急いで下にいた商会の人間を呼ぶ。

「さっきの男たちの背景を探ってくれ。ハリス商会だ。あそこは色々あって、商会主が変わったばかりだったはずだ。商会主についても調べてくれ」

キャラハンの言葉に男達は一斉に町へ飛び出して行く。


そしてその日の夜、エミーリアはマデリンとキャラハンの家に泊まらせてもらい、夕食時を一緒に過ごしていた。

「もう一杯、呑んじゃおうかな～」

明るい声を上げるマデリンを焦ったように止めるキャラハンの仲の良い様子を見て、エミーリアは小さく笑う。その一方で先ほど出た「ハリス商会」についての記憶をずっと思い出そうと苦労していた。

(妊娠してから、赤ちゃんにたくさん血を持って行かれているからか、どうも記憶力が怪しいんだよね)

などと悠長なことを考えているのは、気の置けないこの夫婦のお陰かもしれない。だがそろそろ就寝しようかとエミーリアが思った瞬間、ドンドンと扉を叩く音がして、エミーリアはハッとする。

「なぁにぃ？　うるさいわね～」

ふらりと酔っ払ったマデリンが立ち上がると同時に、人の叫び声が耳に飛び込んでくる。

「お前等はどこの人間だ！」

護衛が叫ぶ声と共に、くぐもったような声と悲鳴が聞こえた。

「上だ。腹の大きい女を攫《さら》ってくるんだ！」

大きな声がして、次の瞬間には、もう階段を駆け上がってくる音がする。

「エミィ、どこかに身を隠すんだ」

そうキャラハンが叫んだのと同時に、ならず者達が一斉に部屋に飛び込んでくる。

「あの女だ。捕まえろ」

「傷はつけずに連れていくんだ」

口々に声を上げると、男達がエミーリアの腕を掴む。

「妊婦に何すんのよ！」

咄嗟にその男達の腕に飛びついたマデリンが男に張り倒される。それを見て、エミーリアは叫んだ。

「マデリン！」

咄嗟にキャラハンが庇うようにして倒れた彼女に覆《おお》い被《かぶ》さる。そんな二人にナイフを向けようとする男達を制するためにエミーリアは大声を出した。

「乱暴しないで！　私が……抵抗せずに貴方達についていけばいいんでしょう」

この男達は今日会ったあの商会主の関係者である可能性が高いとエミーリアは判断する。だが彼女を攫うとしても傷つけるなと話していた。それならば今すぐ自分がどうこうされることはないはずだ。

（もしかすると、目的はこの子かもしれないけれど……）

そっとお腹を撫でながら、エミーリアはハリス商会の名前をどこで聞いたのか、ようやく思い出すことが出来た。

カミーユ襲撃に商会主が関わったと言われていた商会だ。しかも当時の商会主はそのまま行方不明になっていて、今の商会主ではない可能性が高い。そして背景にいるのは……。

（もしかしてハイトラー侯爵家、なの？）

当時噂になっていたはずだ。であればまだマシかもしれない。

「ねえ。その二人に怪我をさせたら、私、一切言うことを聞かないからね。私の体を傷つけるなって言われているんでしょう？」

エミーリアの言葉に、ならず者の中心人物と思われる男が頷く。

「わかった。素直についてくるなら、夫婦には手を出さない」

男の言葉にエミーリアは頷いて、起き上がって何かを言おうとするマデリンに声を掛ける。殴られた顔を見せつつも、彼女は心配そうにエミーリアを見つめた。

「私のせいで……ごめんなさい。私は……大丈夫だから」

「エミィ……」

掠れた声で名前を呼ぶマデリンに、心配させないように笑みを浮かべて話し掛ける。

「庇ってくれてありがとう。落ち着いたら連絡をするから……」

男達はエミーリアを馬車に乗るように促した。馬車でしばらく町を走ると到着したのは郊外で、貴族が妾を住まわせるような小さな屋敷だった。玄関を守っている護衛の前を通り、そのまま部屋に連れて行かれると、部屋の入り口に立っている男の顔を見て、日中に来たハリス商会の護衛の一人だと気づく。視線が合うとニヤリと男が笑った。

「また会ったな、お嬢ちゃん」

やっぱりハリス商会の人間だったのか、とエミーリアはなんともいえない気分になる。多分昼間に会った商会主の男か、その周りの人間がエミーリアの正体に気づいたのだろう。その上でここに連れてきたということは……。

部屋に入った瞬間、奥から男の声がした。

「ああ。確かに髪色は違うが、エミーリア嬢で間違いないな」

奥にあるソファーにゆったりと座っている男の顔を見て、エミーリアは息を呑んだ。そこにいたのは父ハイトラー侯爵ではなく、ゼファー伯爵だった。傍らには店に来た商会主らしき男が立っている。

「なんで……ゼファー伯爵が……」

もくろみが外れてエミーリアは強い不安を覚える。だがエミーリアの問いを無視して、伯爵はソファーから立ち上がり、彼女の目の前に来ると、しげしげと彼女を見つめ、大きくなったお腹に、特に長い間視線を向けた。

「……で、エミーリア嬢。腹の子の父親は、もちろんフェリクス国王陛下だろうな？」

確認するように聞かれた問いに、咄嗟に首を左右に振る。だが伯爵はエミーリアの顔を捕らえて、無理矢理自分の方を向かせようとする。エミーリアはその手を咄嗟に叩いて振り払う。

「まあ陛下の子供なら将来の保険になるし、そうでないのなら、元婚約者の裏切り行動を陛下に伝えることで、結果としてあの方の役に立つだろう」

あの方とは誰だろう。だがそれについては何も言わず、伯爵はにんまりと笑った。

「どちらにせよ、この時期に令嬢を捕まえられてよかった。ああ、安心していい。その腹の子供はきちんと産ませてやる予定だ。今の所は、な」

「伯爵。出産後の女はこちらで処分させていただきます。高貴な方の婚約者なんて、好事家相手にどれだけ高く売れるか……」

手を擦り合わせてニタニタと笑う商会主の顔を見れば、このままでは碌な目に遭わない事だけは確信できた。

（つまりフェリクス様の血筋を引く子供が生まれたら、婚約者でもない私は用済みってことだよね）

そう冷静に判断しながらも、恐怖で微かに体が震える。伯爵としては子供だけでも渡せば、フェリクスに恩を売ることもできる。いや密かに育ててフェリクスを暗殺してしまえば、元婚約者との間の子供だ、次期王位継承者として認められる可能性だってある。

（絶対ダメだ。私がフェリクス様を不幸にするなんて……）

それがイヤで、血を吐く思いで彼の元から離れたのに。なんとかならないかと周りを見渡すが、男達に囲まれて、逃げ出す隙は見つけられそうになかった。こんな体では戦うことすらできない。大切な命がここにあるのに、何もできない自分に悔しさと怒りがじわじわとこみ上げてくる。このままでは大切な彼との子供が、強欲なゼファー伯爵に利用されてしまう。

焦るエミーリアを見て、ゼファー伯爵は肩を竦めて商会主に告げた。

「エミーリア嬢は今夜のうちに伯爵領内へ移動させろ。うちの屋敷の地下牢《ちかろう》であれば出産後も融通が利く」

ゼファーの命令に背筋がゾッとする。領内は基本的にそこの領主が一番の権限を持つ。たとえ王家であっても、その力が届きにくくなるのだ。

(伯爵領までつれて行かれたら……多分もう逃げられない)

焦りに冷や汗が吹きだして喉がカラカラだ。不安と恐怖に呼吸が浅くなり、息苦しい。

「では後は頼んだ。くれぐれも丁寧に送り届けるように」

ゼファー伯爵はそれだけ言うと席を立とうとした。だが刹那、突然扉が開き、男が一人室内に走り込んでくる。

「伯爵様、大変です。すでに宿の周りが何者かに囲まれています」

フードの中から聞こえてきた声に、エミーリアはその声にビクンと体を震わせた。

「なんだお前はっ。見張りはどうした!」

護衛がいきり立ち、男に迫ろうとすると、彼はスラリと剣を抜きエミーリアを守るように前に立つと、護衛達に対して剣を構えた。

「お前は誰だ？　何の目的で……」

「……俺の名前は、そこにいる伯爵に聞くといい。知っているはずだからな」

深みがあって響く良い声に、いつも余裕のあるひょうひょうとした口調。エミーリアは全身の肌がザワリと逆立つような感じがした。男がゆっくりとフードを外すと、肩口に銀色の艶やかな髪がこぼれ落ちてきた。

「ま、さか……？」

目の前の男の顔を見た瞬間、一瞬ゼファー伯爵の目が信じたくないとばかりに泳いだ。だがエミーリアはそれどころではなく、目の前に立つ男性に庇われながらも、ただひたすらその人の後ろ姿を凝視する。きらきら輝く髪の色は、エミーリアが大切なあの人のものと一緒で……。

「エミーリアの安全は確保した。後はこの宿にいる者は一人残らず捕縛せよ」

彼から発せられるのは命じることに慣れた声。彼の声と同時に室内に入ってきたのは、十数名の屈強な男達だ。

斬りかかってきた護衛をその場で返り討ちにし、あっという間にゼファー伯爵をはじめとした、室内にいる人間を捕らえた。騎士達の血塗られた鎧《よろい》を見れば、部屋の外にいた見張りの人間達は既に排除されたことがわかる。

「――陛下、お願いですから、もうこんな無茶をなさらないでください」

その先頭にいて、泣き言を言っているのは予想通りジェラルドだった。

（なんで……）

そんなわけはない。それにどう顔を合わせていいのかすらわからない。逃げ出したい気持ちもあったけれど、それ以上にフェリクスの姿が見たくて、砂漠で水を得た旅人のように、エミーリアは震える指先をそっと愛おしい背中に向けた。

「フェ……」

だが彼の名前を呼ぶ前に、突然襲ってきた激しい痛みにその場にしゃがみ込んでしまう。

「エミーリア？」

ハッと振り向いたフェリクスは、別れた時と何一つ変わっていない。彼を再び見ることが出来て嬉しいと言う気持ちもあるが、体中の骨が軋むような激痛に呼吸が乱れる。

「これは……陣痛が始まったのでは？」

騎士団の中から呆然とした声が上がる。するとフェリクスは先ほどまでの凛々《りり》しさはどこへやら、しゃがみ込んだエミーリアの背中を泣きそうな顔をして、必死にさすっている。

「ど、どうしたらいいんだ？」

「初産ですし、陣痛が始まったばかりでしたら、すぐには生まれません。王宮にお連れしたらいかがでしょうか」

ジェラルドの傍らに立つ副騎士団長は三人の子の父親でもある。彼の冷静な声に、フェリクスはハッと顔を上げた。

「わかった。馬車を玄関に回せ。エミーリアをすぐ王宮に。王宮には婚約者の出産に備えよと先触れを」

「はっ」

フェリクスの命令を伝える為に騎士が走って行く。それを呆然と見つめながら、エミーリアは痛みに堪えるため、ただ必死でフェリクスの腕にしがみついていたのだった。

◇◇◇

何が起こっているのかわからないうちに、エミーリアは王宮に運ばれた。馬車で世話になっていた産婆の名前を聞かれたので、痛みが引いたタイミングで答えると、どうやら町から無理矢理連れてこられてしまったらしい。ついた先が王宮だと知って、怯《おび》えている様子の産婆に申し訳なさで一杯だ。

「医者はまだか？」

フェリクスの声が震えている。彼の声と共に走り込んできたのは、すでに出産に備えて準備を整えた王宮の御典医のようだ。

「陛下、どなたの出産なのですか。どういうことか……」

訳がわからない、と言いたいのだろう。だがベッドに横たわっているのが面識のあるエミーリアだ

とわかると、顔は青くとも冷静な表情に戻った。誰の出産なのか理解できたらしい。

「俺の子だ。無事……産ませてやってくれ」

クッと奥歯を食いしばったように低く唸るフェリクスに、医師は小さく頷き、部屋の隅にいた産婆に気づくと声を掛けた。

「貴女は町の産婆か？　……このお方の、今までの妊娠の経緯を理解してますか」

コクコクと頷いた産婆に、医師は手を差し伸べる。

「助かります。こちらも突然運ばれてきて……何に気をつけて差し上げればよいのかわからない状態なのです。必要な情報をすべて教えてください。今からお生まれになるのは、この国の第一王子か……第一王女になるのですから」

産婆は医師の言葉で冷静さを取り戻したようだった。小さく頷いて答える。

「エミィさんはお若くて健康で、大事な我が子を産むために常に十分留意されていたので、栄養状態も良好です。赤ちゃんの位置も問題ないので、特に難産を心配するような兆候はありません。既に産み月で、お産もそろそろ始まるかもといった様子でしたので、ほぼ予定通りのお産です」

産婆の話に医師はホッと安堵の息をつくと、エミーリアの脈を取ろうと近づいてくる。だがエミーリアがそこまで見届けた瞬間、再び痛みの波がやってきて、その痛みに呻き、体を丸めて耐える。ガンガンと腰を中心にハンマーで殴られているような激しい痛みだ。痛みで息を詰めてしまう。

「エミィさん、ゆっくり息を吐いて。呼吸を忘れると赤ちゃんが息をできなくなりますよ」

産婆がエミーリアの横に来て、腰を力強くさすり、いつも通り優しい声を掛けてくれる。エミーリアは痛みに震えながらも、必死に息を吐き出して痛みを堪えた。

「陛下、男親はここにいてはなりません。すぐに子供は生まれませんから、一度退出していただけますでしょうか」

部屋にいた侍従の言葉にフェリクスは後ろ髪を引かれるような表情をして一歩踏み出すが、それから踵を返し、エミーリアの元に寄ると、持っていたハンカチで額の汗を拭った。

「エミーリア、これからは何があっても俺が貴女と……子供を守る。俺にとって何より大切なのは、貴女なんだ。もう二度とどこにも行かせない。俺を信じて……安心して子供を産んでほしい」

ぎゅっとハンカチを握りしめたフェリクスの拳が震えているのが見えた。自分は彼を守りたかったのに、もしかすると姿をくらましたことで、彼に心痛を与えていたのかもしれないということに、エミーリアは今更気づいたのだった。

第十一章　最高にホワイトな溺愛生活！

「陛下、先ほど捕らえた者達ですが、どのようにいたしますか？」

そう尋ねてくるのは王宮近衛騎士団長で次期ミュッセ公爵になる男だ。

「罪名は私の婚約者および、私の子に害をなそうとした王室反逆罪だ。ヴァールブルグで最も重い罪になる。命さえ繋いであれば、口を割らせるためにどんな手段を用いても構わない。だがゼファー伯爵が捕縛されたことは現時点では秘匿するように。その上で屋敷をすべて調べ上げ、背後関係を洗え。……間違いなく裏がある」

国王の冷酷な言葉には何一つ動じることなく、王宮騎士団長は一礼をして下がっていく。

フェリクスは以前より長くなった銀髪を掻き上げて、深く溜め息をつく。以前からあの男はゼファー伯爵と繋がっていたとフェリクスは確信している。エミーリアに害をなす者を許せるものではない。どういった処分にするか考えながらも、意識は自然とエミーリアがいる産室に向かっていた。

エミーリアが王宮から失踪した日から、フェリクスはずっと彼女のことを探し続けていた。西部での視察の後、彼女から丁寧な調査報告が届き、そこに添付されていたのが自分宛の手紙だった。

『フェリクス様が大切な人を守るためには、私の存在が邪魔になると考えました。私は暇をいただきたいと思います。私のことは気になさらずに、フェリクス様の幸せを最優先にしてください』

手紙にはフェリクスが彼女に贈った婚約指輪が一緒に添えられていて、彼女の筆跡で書かれた手紙を読んだ瞬間、身勝手な判断をした彼女に対して裏切られたかのような強い怒りを感じた。

(なんで……そんな結論になったんだ)

フェリクスにとっては、エミーリアを妻にする事が一番の望みだった。大切な人はもちろん他にもいる。だがその中心で、彼の一番近くで笑っていて欲しかったのはエミーリアなのだ。そのために実母には申し訳ない気持ちを抱きながらも、それでもなさぬ仲である王妃と養子縁組みし、国王になることすら受け入れるつもりだったというのに。

(……しかし、そのことをきちんと説明できていたわけではない。彼女は何も知らなかったのだから)

正式に決まれば話をする予定だった。けれどそれはフェリクスの言い訳だったかもしれない。ベッドで情熱的な一夜を送り、それでなんとなく彼女と思いが伝わっていると、それですべてが上手くいっているような気がして浮かれていた。

いやもしかすると、それでも不安だったから、彼女が逃げられない状態になってから、すべての話をするつもりだったのかもしれない。

そしてエミーリアが失踪した理由はじきに明らかになった。それは、数日後に近寄ってきたベルティエ公爵との会話がきっかけだった。

「フェリクス様、大切な人を守るためには、殿下こそが国王になるべきです。我がベルティエ公爵家は、その後ろ盾になりましょう」

まるでエミーリアの失踪を確信しているように、宰相はそう話し掛けてきたのだ。

「……我が娘が殿下の妻となれば、フェリクス様へベルティエ公爵家が力添えできるでしょう」

にこにこと虫も殺さぬ笑顔を浮かべる男を見てフェリクスは確信した。

（つまりこの男がエミーリアを失踪せざるを得ないように追い詰めたのだ）

そもそもカミーユ襲撃の件から話は始まっている。まさかとは思ったが、一連の流れに宰相が絡んではいないだろうか？　フェリクスはそのあたりから調査をしようと考えた。そしてエミーリアとの婚約は断固として解消しないまま、彼女は体調不良でいったん療養していることにし、予定通り王妃との養子縁組みを発表し、次期国王の指名を受ける儀式を行う。

その間もずっとエミーリアの行方を捜していた。だがもともと前世では平民だったと言っていた彼女は、市井の生活に溶け込んでいるのか、一向に彼女の行方を知ることができなかった。

彼女との付き合いが密だった西部の穀物商業組合長メーガンですら、何一つ事情を知らないと言う。

彼女を想って眠れない夜をいくつ過ごしたことか。ただただ彼女を自分の妻として娶るために、父に頭を下げて王位を請うた。そして望んでいなかった権力を得て、それを掌握することに心血を注ぐ。

国王となり軍部と治安機構を共に掌握したことで、カミーユ襲撃事件の経緯が少しずつ見えてきた。

以前も名前が挙がったハリス商会。その後商会主が変わったため、犯罪に加担していた確証を得られずにいた商会の動向を追っていたお陰で、エミーリアの行方を知ることができた。

(だがエミーリアが……王都にいたとは想像もしていなかった……)

いわば自分のお膝元にずっと彼女が居たことに、してやられた感を覚えた。しかも……彼女が自分の子供を身籠もっていたことすら、先ほど彼女と再会したときに初めて知ったのだ。

(それなのに、きちんと彼女と話をする間もなく……出産が始まってしまった)

彼女がたった一人で自分に頼る事もなく、大変な身重の時期を過ごしていたのだという事実がまだ受け止め切れていない。どれだけ心細い思いをしただろうか。どうやって生活していたのだろうか。体は大丈夫だったのか。心は、と心配でたまらなかったのだ。

(だが……エミーリアは思ったより元気そうだったな)

産婆の話では体調は良かったようだし、多分お腹の子を守るため、彼女が自分自身を大切に扱っていたこともわかった。

(俺は彼女が心配で、食事も睡眠も碌に取れなかったのに……エミーリアは逞《たくま》しい)

思わず苦笑が浮かぶ。彼女が彼女らしいことにホッとしたような、自分ばかりが動揺していたことが少し悔しいような……。そんな逞しくて元気なエミーリアが好きでたまらないと思ったり、なんだか納得出来なくて苛立たしかったり、どう考えて良いのか、複雑な心境だ。

とにかく今しなければならないことは、愛おしい女性と彼との間の子供に、害をなそうとしていた人間が誰なのか調べ、経緯を確認し、完璧に排除する事だ。

そして子供が生まれれば、その子を自分の子供として認めさせる必要がある。エミーリアが長い間、王宮から不在だったことを知る人間は少なくない。疑う人間も多いだろう。……一人でも味方は多い方が良い。

「先に……父上と義母上《ははうえ》にも知らせておくべきか……」

すでに夜明けが近づいている。

「陛下」

侍従がやってきて、フェリクスはハッと顔を上げる。

「産まれたか？」

主人の言葉に侍従は笑って首を振った。

「いえ、お産は順調に進んでいるようですが、まだしばらく掛かりそうだと言うことです。ところで朝一番に前国王陛下との面会を希望するのであれば、先に書状を用意されてはと思いまして……」

「ありがとう。よくわかっているな。それからあと一通、緊急で送りたいところもあるのだが……」

侍従は主人の言葉にもう一通分の準備を整える。その間にフェリクスは手紙を書き始めた。

忙しく仕事をこなす合間にも、何度も産室の手前まで行こうとして、侍従達に止められて、すでに五度目になろうとする移動の最中。

フェリクスが産室に近づいて行くと、産室の中から猫が泣くような声が微かに聞こえてきた。連れだって歩いていた侍従の顔がぱっと華やぐ。

「この声……お子様が誕生したに違いありません」

その声にたまらずフェリクスは走り出していた。産室の前でもう一度差し止められて、イライラと中の様子を覗き込もうとする。だが待つことしばらくで、医師が小さなおくるみに包まれた赤子を抱いてフェリクスの元にやってきた。後ろには恭しく付き添う侍女達がいる。

「エミーリアは？」

子供も気に掛かるが、愛おしい女性の容態が気になる。咄嗟に尋ねると、医師は疲労を滲《にじ》ませつつも、ホッとしたような安堵の表情を浮かべて頷いた。

「ええ、エミーリア様もお元気です。お産自体は順調で安産でした。ですが痛みは非常に強かったようです。それでも涙一つ零さず、声を荒らげることもなく、最後まで落ち着いてお手本になるような素晴らしい出産をされました。ただ……今はもちろんお疲れのようですが」

そう答えつつも、医師はじっとおくるみに包まれた子供を見つめた。

「陛下、おめでとうございます。……第一王子の誕生でございます」

「王子……だったのか」

エミーリアの無事を確認して安堵の息をついたフェリクスは、ようやく医師に抱かれた子供に視線を向けた。

産まれたばかりの赤子は、こんなに赤くて大丈夫なのかと言うほど肌が真っ赤で、額に生えている髪はエミーリアと同じ金色だ。今は子供も疲れ果てているのだろう、すやすやと眠っている。

「先ほど一瞬だけ目を開かれましたが、陛下と同じ美しい紫色の瞳をしていらっしゃいました。お顔付きもフェリクス陛下とよく似ていらっしゃるのではないでしょうか」

紫色の瞳は希少だ。それだけでエミーリアが産んだ子が王家の子、フェリクスの息子だとわかるほどに……。

「そうか……親孝行な子だ」

エミーリアの子がフェリクスの子だと証明するための、ややこしい問題が一つ解決したことにホッとして、改めて誕生したばかりの子供をじっと見つめる。生きていることが不思議な程小さな赤子が、目を閉じたまま乳に吸いつくように口をちゅくちゅくと動かしていた。小さな手がぎゅっと拳を握っている。愛おしい命が生きているのだと、実感する。

その瞬間、彼女が何を大切に思っていたのか、自分がどれだけ彼女に愛されていたのかが、天啓のように胸に満ちてきた。

ぐっと込み上げて来たのは、きっと自分の母もこうして命がけで自分を産んでくれたのだろうという確信と感謝。いつもどこか不安でこうした身の上で生まれて来たことに忸怩《じくじ》たる気持ちがあった。そんな彼の胸の中に、神々しい光の筋が一本通った気がした。その光が心の隅々まですべてを明るく照らしていくような、自分も今この場に生まれ直したような不思議な感慨だった。

（ああ、俺はずっと……愛されていたんだ。母に、父に……そして誰よりもエミーリアに）

胸いっぱいに広がったその実感が胸を満たしていく。幸せで胸が熱くて、息が苦しい。みっともなく涙を零さないように奥歯を噛みしめる。

「……エミーリアには会うことができるだろうか」

愛する人に、会いたい。会って感謝の気持ちを伝えたい。

「はい、少しだけでしたら……」

医師の言葉にフェリクスは子供をいったん医師に預け、エミーリアの元に向かう。

すでに処置が終わりベッドに横たわるエミーリアは一晩の激しいお産を終え、やつれていたけれど、それでも女神のように美しかった。その姿にまた涙が浮かびそうになる。

彼女は生命力に溢れていて、とても幸せそうだった。フェリクスは、その事実が何よりも有り難いことだと神に感謝を捧《ささ》げた。

「エミーリア、ありがとう。今日が俺にとって最良の日だ」

泣き笑いの表情で、そう彼女に告げると、エミーリアはフェリクスの顔を見た途端、目を真っ赤にした。みるみるうちに目の縁に透明な雫が盛り上がってきて、辛いお産の間も一度も零さなかったという涙を、溢れさせた。

「フェリクス様……勝手なことをして、ごめんなさい。私……フェリクス様の邪魔になりたくなくて」

たったそれだけの謝罪の言葉で、フェリクスは彼女を探し続けていた苦労がすべて、報われたような気がした。

「いや、謝らないといけないのは俺の方だ。いつでも貴女が笑顔でいるからって、説明が足りなさすぎた。貴女がいるから頑張れるのであって、貴女が俺の邪魔になるなんてこと、あり得ないと伝えなければいけなかった」

最初に王宮の庭園で出会った時と同じように、エミーリアの胸元には、彼女の大切な緑色の指輪が輝いていた。それを見て、彼は小さく微笑む。一度で成功できないことはいくらでもあるが、生きている限り、それはやり直す機会があるのだ。だから色々間違えてしまった出会いも全部受け入れた上で、最初からやり直そう。

「エミーリア。この指輪を貴女の母上の大切な指輪と共に、もう一度つけて貰えるだろうか」

彼女の手を取り、手紙と共に送り返してきた婚約指輪を、そっと彼女の手のひらに握り込ませる。

「これ……私に、返していただけるんですか?」

エミーリアの声が怯えるように震えた。フェリクスは頷き、そのまま彼女の手を唇に持って行き、口づける。

「貴女がいなくなって、改めて生涯貴女しか愛せないことがわかった。一生俺の傍らには貴女がいてほしい。貴女しかいらないし、貴女しか愛せないし、貴女しか俺を幸せにできない……。愛してる。エミーリア、お願いだ。俺と結婚してほしい」

フェリクスの渾身《こんしん》のプロポーズに、エミーリアは涙を溢れさせ、耐えきれずしゃくり上げながら何度も頷いた。

「私も……フェリクス様の隣にいたいです。離れている間、ずっと……そう思っていたから。フェリクス様、愛しています。……私と結婚して、これからも隣にいてくださいますか？」

フェリクスは彼女を思わず抱きしめていた。涙が伝う唇にキスを落とし、存在を確認するように震える肩と背中を摩った。

「――っ」

ぎゅっとフェリクスを抱き返すエミーリアの腕の力に、彼女の想いが感じられてじんと胸が熱くなる。きっと自分達はこれから幸せな家族になれると、フェリクスは信じることができたのだった。

◇◇◇

出産は大変だったけれど、フェリクスの元で息子を産み育てられることがエミーリアにとっては、信じられないほど幸せなことに思える。

産後二週間。寝室の次の間に置かれた、ゆったりとしたソファーで息子を抱いて座っているエミーリアは、並んで座るフェリクスから、これまでについて説明をされた。

「後ろ盾を得るために王妃の養子に……。婚姻以外の方法なんて、私、思いつきもしなかったです」

エミーリアが言うとフェリクスは眉を下げて情けなさそうな顔をした。

「俺の説明が足りなかったんだ。結果として貴女とこの子にしないでいい苦労をさせてしまった」

何度目かのフェリクスの謝罪を聞きながら、エミーリアは腕の中にいる小さな王子を見つめる。最近は目を開いている時間が増えた。父親によく似た整った容貌と紫色の瞳を見るたびに、本当に彼の子供なんだなと実感して、幸せな気持ちになる。

「私、フレディから大切な父親を奪うところでした。もちろん、貴方からもこの子を……」

フェリクスと同様に眉を下げ、子を抱いたまま頭を下げると、彼は小さく笑った。

「これから俺は貴女に何でも相談させてもらう。一つの国の未来を背負うのは一人では重すぎる。付き合わせて悪いが、俺のたった一人の妻として、王妃としてこれからも助けて欲しい」

彼の言葉にエミーリアは頷く。話がまとまったタイミングで目が覚めたらしく、腕の中で赤子がむずかるような声を上げた。

「あらフレディ、貴方は泣き声まで可愛いわね」

そう声を掛けて息子を宥めようとすると、笑顔のフェリクスは息子のフレデリックを受け取る。

「本当にうちの子は可愛いなあ……。泣き顔までも天使だ」

もともと愛情深かった彼は、あっという間に息子に夢中になった。座ったままでは満足しない息子を抱いて立って、揺すりあやす。まだ体調が万全ではない彼女より積極的に子供を抱いてくれるほどだ。

「エミーリア、半月後にある洗礼式で、フレデリックを第一王子としてお披露目をすることになる。そして三ヶ月後には、結婚式を挙げたいと思っているのだがいいだろうか」

フェリクスの説明にエミーリアは頷く。本来であれば結婚式の後子供が生まれるのが自然なことだが、エミーリアが失踪していたせいで、二人は結婚式すら挙げていないのだ。順序は逆になってしまったが、それでもきちんと体裁を整える事も大切だろう。

「ええ、もちろん」

エミーリアとお腹にいたフレデリックを害そうとした事件については、現在ゼファー伯爵領を含め捜査中だが、影響を考えて、詳細については何も知らせてはいない。しかもずっと療養していたはずのエミーリアが、婚姻前にいきなり国王の子供を産んだのだ。洗礼式は荒れるかもしれないと、そうエミーリアは覚悟する。

「フェリクス様、今度こそ私たち、協力して敵と対峙《たいじ》しないとですね」

「ああ、心配しなくていい。すべてが上手くいくように、今度こそ二人でやろう」

自分を信頼して色々相談してくれるようになったフェリクスの顔を見て、エミーリアはにこりと笑みを返した。

◇◇◇

そして迎えた洗礼式。エミーリアは産後一ヶ月にしては体調をしっかりと整えて、当日に備えた。すでに洗礼式を行う広間には、貴族達が詰めかけて華やかな声がこちらまで聞こえてくる。正直に言えば、エミーリアとその息子に対して、内心好意的でない人も多いだろう。

緊張しているエミーリアを見て、フェリクスは微笑みかけた。

「それでは、行こうか」

フェリクスがエミーリアをエスコートして大広間に入っていく。

「ヴァールブルグ国王陛下フェリクス様と、婚約者エミーリア様。第一王子フレデリック殿下。そして王太后陛下の御出座《おでま》しです」

フェリクスとエミーリアが先に立ち、その後ろから養母として王子の祖母になる前王妃がフレデリックを抱いて現れると、会場には溢れんばかりの拍手が聞こえる。振り向き王太后へ挨拶すると、金の刺繍を施された豪華な絹のおくるみに包まれたフレデリックをフェリクスが抱き上げる。

「おお……フレデリック殿下が目を開いていらっしゃる。陛下と同じ紫色の瞳だ」

「本当にフェリクス国王陛下によく似ておられるなあ……」

親孝行のフレデリックはここぞというタイミングで目を開き、大勢の貴族達にその希少な瞳の色を印象づける。それまでフレデリックが誰の種かと下劣な噂をしていた貴族達は、途端に態度を軟化させた。

どよめきに驚いたのか、今度は泣き始めたフレデリックを見て、元気な泣き声に辺りは笑顔で満たされていく。

それから白い髭を蓄えた大司教が数人の司教を引き連れて舞台に現れた。フェリクスが抱いている王子に神の福音と祝福の言葉を述べ、聖水を浸したガーゼでそっとフレデリックの額を拭った。

「ヴァールブルグ第十八代国王フェリクス陛下が第一子、フレデリック第一王子殿下はただいま、神の洗礼を受けました。神の僕たちよ。この幼子を、神を敬愛し慕う一員として受け入れてください」

大司教の言葉に貴族達が一斉に承認の拍手をする。これでフレデリックはフェリクスの子として認められたことになる。何の問題もなく済んでエミーリアはほっと安堵の息をついた。

王太后と共にフレデリックが退出するのを見届けて、エミーリアは密かにフェリクスと視線を合わせた。本当の戦いはここからだ。

洗礼式を終え、エミーリアとフェリクスが用意された席に着くと、二人に挨拶をするために貴族達が集まってくる。最初に近づいてくるのは貴族位として最も高い公爵家、ミュッセ公爵とベルティィエ公爵だ。

「国王陛下、この度はおめでとうございます」

ミュッセ公爵は、王太后を養母としたフェリクスからすれば、義理の祖父になる。フェリクスは彼に向かって穏やかな笑顔を向ける。

「ミュッセ公爵、お陰で無事王子の洗礼式を迎えることができた」

「本当に喜ばしいことです。だが生母であるエミーリア様は大変な目に遭われたとか」

騎士団長は彼の息子でもある。今も軍部のトップであり、未だに頑健な体を持つミュッセ公爵はそう言うと、隣に立つベルティィエ公爵を見下ろした。フェリクスは彼の言葉に肩を竦める。

「ああ。だが事件の経緯についてはすでに明らかになっている。犯人たちはエミーリアを攫い、フレデリックを手に入れようとしていたそうだ。しかも実行したのがカミーユの襲撃事件を起こした時にも名前が出てきた人物とはな」

フェリクスは呆れたように声を上げる。国王達の会話にそば耳を立てて、貴族達が聞いている。

エミーリアはその端っこに父であるハイトラー侯爵の姿を見かけた。すでにエミーリアは侯爵家とは縁を切っており、侯爵家は没落している。そして姿を見なかった間に父はずいぶんと体は小さくなり、王子の祖父だと主張するような図々しさはすっかりと影を潜めたようだ。

「まさか、ハイトラー侯爵でしょうか？」

図々しくもそう尋ねてくるのはベルティィエ公爵だ。ハイトラー侯爵はその声にピクリと体を震わせた。

「ハイトラー？　いや……私のところに報告が上がっているのはゼファー伯爵の名前だ。そもそも現場で私自身がそれを確認した」

「ゼファー伯爵が、ですか？　あの、伯爵が流行病《はやりやまい》で寝込んでいるというのは……」

フェリクスの言葉にベルティィエ公爵は驚いた様子を見せた。今日ここにゼファー伯爵はいない。今や水を打ったような静けさの中で、すべての貴族達が彼らの話に注視している。

「西部の穀物の価格操作から、カミーユの襲撃未遂事件。そして今回のエミーリア誘拐も、すべての黒幕がわかった。お前が私利私欲のために、すべてを行っていたんだな」

フェリクスは真っ直ぐと目の前の男の顔を見つめる。

「ベルティエ公爵」

「は……？　何を？」

フェリクスがそう言った瞬間、王宮近衛騎士団が静かに広間に入ってくる。

「証拠はあの小狡《こずる》いゼファー伯がすべて屋敷に保存していたよ。自分だけがトカゲの尻尾切りに遭うのをずいぶん恐れていたようだな。近衛騎士団長……ベルティエ公爵を捕縛せよ」

フェリクスの言葉に一斉に騎士団はベルティエの元に向かう。

「其方の最大の誤算は、私の最優先事項がエミーリアで、彼女を心底愛し、他の女性を娶る気など一切起こらないことを理解できなかったことだ。……まあ別に理解してほしいとも思っていなかったが」

王宮騎士団に捕らえられたベルティエは辺りを見回して、誰か自分を救う手がないかを探して回る。だがすでにフェリクスの治世になり、権力の移譲が終わっている状況で、国王に逆らってまでベルティエに救いの手を伸ばす人間はいなかった。

「な、何を言っているのかわかりません！　どういうことですか。それに明日から宰相の私が居なくて、この国はどうやっていけるというのでしょうか！」

ここ十年ほど宰相として辣腕を振るった男が叫ぶ。

「確かに宰相がいなくなるのは困るな……」

顎に手を当てて思案するフェリクスを見て、ベルティエ公爵は一瞬何かを期待するような顔をする。

だが新しい国王は笑って一人の貴族を呼んだ。

「ササビー侯爵嫡男アルフリードはいるか？」

「はい。ここにおります」

そこに現れたのは、フェリクスの執務室でずっと彼の右腕として手腕を振るっていた小柄で眼鏡を掛けた青年、アルフリードだ。

「本日よりベルティエ公爵家の傍系であるササビー侯爵嫡男アルフリードを、新たにベルティエ公爵として指名し、宰相として任命する」

主君の言葉にアルフリードは緊張したまま、頭を下げた。

「陛下より拝命いたしました。若輩者ではありますが、心血を注いでヴァールブルグ王国とフェリクス国王陛下のお役に立つことを誓います」

元ベルティエ公爵は、新しい宰相を呆然と見つめている。

「……排除すべきは、代々ヴァールブルグ王国に仕える忠臣ベルティエ公爵家ではなく、其方と其方に連なる邪悪な一族だけで十分だと判断した。ベルティエ公爵家は存続するし、宰相も優秀な人間を指名したから安心してくれ」

フェリクスの言葉に元宰相はがくりと膝をつく。エミーリアはすべてが順調に進み、ようやくホッとして笑顔を浮かべることができた。ちなみにあいかわらずアルフリードはがちがちに緊張して直立不動のまま立っている。

「新宰相。そんなにかしこまることはない。交渉は俺とエミーリアが中心となって行う。お前には今まで通り実務を任せるから、第一王子の執務室とやることは変わらないさ」

フェリクスの言葉にアルフリードは一瞬、遠い目をして、達観したような笑顔を返した。

エピローグ

エミーリアが王妃になって二ヶ月。フレデリックの面倒はもちろん乳母がいて見てくれる。それでも可愛い我が子の様子を毎日少しでも多く見たいと、エミーリアは仕事の合間にも子供の部屋を覗きに行く毎日だ。

息子のフレディは首が据わってからは一生懸命あちこちを見回そうとして、大きく体を左右に動かしている。今、絶賛寝返りの練習中なのだ。

「あと……ちょっと……」

フェリクスは、フレディのおむつのついたお尻を持ち上げるべきか迷って、それでも息子の自主性に任せたいと、お尻の辺りで触れないように手を差し伸べている。

フレディは背中が見えるほど体を傾けるけれど、あと一歩力が足りず、コロンと元の仰向《あおむ》け状態に戻ってしまった。

「あ、ぁあっ」

フレディは上手くできなかったことに、納得できないようにむずかって、短い手をジタバタと動かす。これがまた、なんとも言えない可愛い動きだ。

「フレディ、頑張れ！」

しばらくむずがっていたが、再び体を動かして、何とか寝返りを成功させようと再チャレンジを始めた。エミーリアは両手に握りこぶしを作り、固唾を呑んで見守っている。

するとフレディは必死に体全体をねじり、体をひねると……。

「わぁぁぁぁ、今、見ました？」

エミーリアが振り返ると、フェリクスは両手を挙げて雄叫《おたけ》びのような声を上げた。

「フレディ、お前は天才か！　こんなに早く寝返りを打つなんて！」

寝返りが成功して、うつ伏せで頭を上げた状態のままで、どうしてこうなったのかわからない、という、びっくり顔をしているのがまた可愛い。我が子は本当に最高過ぎる。

そんなエミーリアについてきた黒猫が、くるぶし辺りに額を擦りつけて抱き上げろとアピールする。

「ヤマト～。見てやって～。今フレディが寝返り成功したのよ！」

思わずヤマトを抱き上げて、息子の様子を見せてやると、ヤマトはパタンと尻尾を振った。

(ちょっと早いのは確かだけど、王様ちょっと親馬鹿だよね)

しれっと冷静な思念が飛んで来て、ヤマトは相変わらずの不思議猫を継続中だ。

「あ――――。名残惜しいが、そろそろ午後の執務に戻らないとな」

そう言ってフェリクスはエミーリアを誘う。後ろ髪を引かれる思いで二人は愛息に手を振ると、エミーリアはいつもの通り、フェリクスの腕に手を回し、二人並んで国王の執務室に向かう。国王夫妻の仲の良さは国内でも評判で、意外なことに前王妃とカミーユが笑顔で連れ立って、フレディの様子を見に来ることもある。前国王夫妻とカミーユとも家族のような温かい付き合いができるようになり、フェリクスはますます幸せそうだ。

「フェリクス様、決裁いただきたい書類が回ってきています。早速確認お願いします」

執務室には宰相となったアルフリードが待ち構えており、書類を山のように積み上げている。

「国王陛下、町の治安について報告したいことがございます」

フェリクスたちの結婚式を待って、ようやくアンジェリカと挙式した叔父ジェラルドも、報告のためにその場に待ち構えていた。

場所は王子の執務室から、国王の執務室に変わったものの、エミーリアは以前と同じホワイトな職場で、毎日仕事に追われている。それは忙しくても充実した日々で。楽しくて幸せで……だからちょっとエミーリアはうっかりしていたのだ。

「エミーリア、覚えている？　今日は四番目の月の、最初の日だ」

フェリクスにそう言われるまで、その事をすっかり忘れていた。

「……やっぱり忘れてたか。まあ、忙しかったから、仕方ないか」

それが一瞬でバレて、フェリクスが鼻に皺《しわ》を寄せて拗ねた顔をする。そんな様子ですら可愛くて愛おしい。

「もしかして、今年もお祝いしてくれるんですか？」

「ああ、エミーリアの誕生日は皆が祝ってくれるだろう？　けれど永美の誕生日は俺しか祝ってあげられないから……」

そう言って彼が晩餐のために連れてきてくれたのは、去年と同じ夜桜が見える温室だ。今年も花吹雪が綺麗で、オレンジ色の灯りが灯されていて、エミーリアの好きなご馳走《ちそう》ばかりが並んでいる食卓はとても幸せなもので……。

「ああ、お腹いっぱいだったのに、バースデーケーキまでしっかり食べてしまいました。だって美味しかったんですもの」

エミーリアがくすくすと笑うと、フェリクスはお酒を注いだグラスを渡してくる。

「そう？　それは良かった」

エミーリアがグラスを受け取ると、今日何度目かの乾杯をする。

「すこしゆっくりしようか……」

彼がグラスを持ったまま、エミーリアを誘うから、彼の後をついていく。すると他からの視線が届かないように、桜のような木々に囲まれた最奥には大きな桜色のシーツが敷かれたベッドが置いてあった。

「おいで……」

サイドボードにグラスを置いて、ベッドに横たわると、空から雪が降るように、花びらがハラハラと落ちてくる。

ふと見上げると、温室の天井の向こうには、月が綺麗に輝いている。まるで桜の花吹雪の絨毯《じゅうたん》に寝転がっているみたいだ。

「……すごい……去年よりパワーアップしてませんか？」

「そう？　俺はエミーリアが喜んでくれたらそれが一番嬉しい」

彼は機嫌よさげに笑うと、エミーリアを抱き寄せて、頬にキスをする。

「……おかしいな、媚薬でも飲んだのだろうか」

くすくすと笑いながら、フェリクスは鼻先をエミーリアの耳の下辺りに押しつけて、匂いを嗅ぐような仕草をする。恥ずかしくて逃げようとしたら、そのまま彼はエミーリアの喉元に唇を落とす。

「やんっ」

思わずちょっとエッチな声が上がってしまった。コロリと寝返りを打つと、フェリクスはエミーリアを押し倒すような格好になる。以前より伸びた髪を掻き上げる仕草が優美で艶っぽい。

「あぁ、エミーリアが欲しくなってきた。きっと媚薬を飲んだせいだな」

悪戯っぽく笑っているのは、もちろんそれが冗談だからだろう。

「そういえば、最初に会った時はどうして媚薬を飲まされていたんですか？」

尋ねると、彼は目を細めて笑う。

「王宮の生活に疲れると、たまに下町に行っていたんだ昔から。ジェラルドと親しく付き合うようになったのも、下町で出会ったからだな。あの日はカルネウスからヴァールブルグに戻ってきた翌日で、町の治安が気になって覗きに行ったら、新しくできた店で媚薬を飲まされて身ぐるみ剥《は》がされるところだったんだ」

彼の言葉にエミーリアは驚きつつも頷いた。

「そうだったんですね。確かに町は色々危険な事もありますが、永美は庶民だったので、私もたまに下町の気楽な暮らしが懐かしくなります」

ふと思い出すのは、マデリン達と過ごした下町での自由な日々だ。でもそれを失っても、エミーリアはフェリクスと一緒にいたいと思った。

（あの頃は、毎日のように何かあるたびにフェリクス様のことを思い出して、彼の傍にいられたらいいのに、って思っていたんだった……）

そんな日々の記憶は切なくて苦しい。勝手に飛び出したのに、それでもずっと探してくれて、助けてくれた彼に感謝しかない。エミーリアが彼への気持ちで心をいっぱいにしていると、彼はエミーリアの鼻をツンとついて、小さく笑った。

「それならそのうちに一緒にお忍びで下町に行こうか。貴女を庇ってくれた元娼婦の彼女にもお礼を言いたいし」

彼の言葉にエミーリアはマデリンとキャラハンの夫婦がどうしているのか、気になった。

「そうですね、また落ち着いたら会いに行きましょう」

頷くと、彼は嬉しそうに笑う。

「エミーリアが『下町に行くなんてとんでもない』って呆れるような女性じゃなくてよかった。だから……俺の王妃は最高なんだ」

彼は機嫌の良い猫のように目を細めて笑いながら、エミーリアの唇にキスをする。

「エミーリア、愛してる。今日はちゃんと言ったっけ？」

ほんの少しはにかんで、それでも幸せそうに囁いてくれる愛の言葉が嬉しい。

「朝、言ってもらいました。でも何度言われても嬉しいからいいですよ。私ももちろん愛しています」

ちゅっとキスを返すと、彼はほんのり耳の先を染めた。そんな彼の様子が愛おしくて、エミーリアはそっとその耳の先を指先でなぞる。するとフェリクスは熱っぽい吐息を漏らした。

「あぁ、最初会った時みたいに、貴女を一晩中、貪ってしまいたい」

目元を赤く染めて、掠れた声で囁かれると、それだけで全身に甘いさざ波が広がっていく。愛おしくて大切で、大好きな人だからたくさん触れて欲しくなる。

「フェリクス様が望むなら……」

そう言って目を瞑り、彼に手を差し伸べると、フェリクスは左手を取って薬指の指輪をなぞるように唇を這わせた。

「本当はエミーリアがいたらそれが一番の媚薬なんだ」

何度もキスを落とす。エミーリアにとってもフェリクスの低くて甘い声で囁かれたり、大きな手で優しく撫でられたりするだけで、全身が官能に染まるのだ。

「あぁ……気持ち、いい……」

大好きな彼の手がエミーリアの頬を撫で、首元を撫でていく。夜の食事用に身につけていたのは、着物のような形で襟を合わせ、腰の辺りのリボンを解けば、脱ぐことのできるゆったりとしたワンピースだ。

「脱がしやすいものを、今日の晩餐のために選んでもらったって知っていた？」

耳元で熱っぽい声が落ちる。柔らかいワンピース越しに、やわりと胸に触れられて、ぞくりと愉悦がこみ上げてくる。なんて恥ずかしい事をと文句を言いたいのに、漏れるのは甘い吐息だけだ。

「は、あぁ……んっ、そこっ」

しかも彼は、胸を絞るように先端まで指を滑らしていく。それだけで凝り始める胸の先を彼の指がくにくにと捏《こ》ねるようにする。薄いワンピースの上から、両方の胸をいっぺんに可愛がられて、それだけで気持ちよくなって、喘ぎ混じりの声が上がってしまう。

「エミーリアの体は感じやすくて本当に最高だね。ほらもう硬く起《た》ち上《あ》がっているのがわかる。それに子供を産んでから、胸がさらに大きくなって、触り心地も良くなった」

言われてみると確かに胸は大きくなったのかもしれない。彼はエミーリアの腰のリボンを解き、あっという間にエミーリアを下着だけの姿にしてしまった。

「あぁっ……」

彼は彼女の体を起こさせて、後ろから抱くように腰を下ろすと、あっという間に下着まで取り上げてしまう。

「エミーリア」

ベッドの上で腰掛けるようにして、彼に名前を呼ばれて振り向くとキスをされる。胸の先を指で転がされ、もう一方の手は下の感じやすい部分を探る。

「あぁ、そんなイッパイ、しちゃ……ダメ」

敏感な部分をいくつも同時に責め立てられ、キスする間の呼吸すら上手くできない。あっという間に脳までとろとろに溶かされてしまう。

「エミーリアは俺に苛められるのが大好きだよね」

キスの合間に言われた言葉はゾクリと甘い戦慄となって愉悦を連れてくる。すると彼は答えないエミーリアを追い込むように、さらに激しく指を動かして刺激する。

「どんどん奥から蜜が溢れてくる。エミーリアはいつも蜜でいっぱいな、イヤらしい花みたいだな」

普段は優しいフェリクスのちょっぴり意地悪な言葉に余計高まってしまう。彼が蜜をかき回す度、くちゅんくちゅんと淫靡な音が聞こえてきて、恥ずかしいのに気持ちよくなってしまう。

「今、どんな気持ち？　教えてほしいな」

ほんの少し呼吸が乱れて、その分熱が感じられる声が、ますます愉悦をかき立てる。フェリクスの声は相変わらず深くて甘いから、耳からも犯されるみたいで、喘ぎを上げながら、ひくん、ひくんと体を震わせて追い詰められていく。

「あぁ、フェリクスさ、ま……も、イキそうなの。おねがい、イカせて……」

淫らな言葉でおねだりすると、彼の呼吸の速度が上がる。

「可愛くて色っぽくて、本当に素敵だ。ああ、まずは指だけでイって。後でエミーリアが大好きな口でもイカせてあげるから」

きゅっと絞るように胸の先を捻《ひね》られ、少し痛いくらいなのに気持ちいい。下の感じやすい部分をとろみと一緒に転がされて、あっという間に最初の絶頂が迫ってくる。

「あ、あぁっ……も、ダメっ」

ビクンビクンと体を震わせて、絶頂に至る時の心地よい白い世界に体が満たされていく。

「ぁあ、はぁ……あぁっ」

早すぎる絶頂感に涙目になっていると、彼が小さく笑ってキスをする。

「本当にエミーリアは淫らで最高だな。お陰でこんなになってしまった」

後ろから抱きかかえられているから、お尻の辺りに熱い物があたって、彼が感じているのがわかると、もっとドキドキが高まっていく。

「フェリクス様、すごく……大きい」

「はっ……大きいって、これが？」

ゴリゴリとお尻の辺りに押しつけられて、昂っている彼の様子に、熱の塊を飲んだような気持ちになる。

「エミーリアが欲しくて、こんなになっているんだ。慰めてくれる？」

「慰めるってどうするんですか？」

エミーリアが振り返って尋ねると、彼はエミーリアにそれを触れさせた。

「少し……触ってくれたら嬉しい」

手の中のソレは相変わらず大きくて、照れている少年のような微笑みを浮かべている彼とは別の存在としか思えない。けれど、医師から許可が下りて、再び夜を共に過ごす様になってからは、その大きさと重量感がなければ満足できなくなってしまった。毎晩のようにエミーリアを狂わせているのだ。

エミーリアは手で握ったまま、彼の足の間に体を入れた。

「こんな感じ……ですか？」

ゆっくりと動かすと彼は気持ちよさそうに目を閉じた。ソレはすぐに手のひらの中でますます硬さを増して熱を帯びる。先からは透明な雫が今にも溢《あふ》れ出《だ》しそうだ。

「んっ……こ、こら。何をしてるの」

「んんんっ」

大きな彼の物を口に入れてしまったから、エミーリアは何も答える事ができない。代わりに口に含んだまま、彼の張り出した部分を舌で舐めてみた。

「んんんっ」

彼の表情を窺うと、息を詰めて目元を真っ赤にしながら、じっと魅入られたようにエミーリアの様子を見つめている。その様子が愛おしい。

「きもち……いいですか？」

半分咥えたままくぐもった声で尋ねると、彼は額に手を置いて、愉悦に耐えるような切なげな吐息を零す。

「ああ……最高だ。でもそんな風にされると、俺だってして上げたくなる」

そう言いながら、彼はエミーリアに寝転がった自分の顔の上でまたぐように指示を出す。

「え、あのっ……」

恥ずかしくて逃げようとしたのに、あっさりと捕まって、彼を咥えたまま、自分も彼に貪られるような格好になる。

「腰をもう少し落として……」

腰を押さえ込まれて彼の顔の上に恥ずかしい部分を預けるような格好になる。すると淫らな舌はエミーリアの感じやすい部分を這《は》い回《まわ》りはじめた。

「ひぁっ……んっ、ダメぇ」

「エミーリア、さっきよりもっと濡れてるな。ぐちゃぐちゃで蜜まみれだ。俺の姫君は、俺のを舐めるのがそんなに好きなの？」

くすくすと唇をそこに押し当てながらイヤらしいことを尋ねられて、恥ずかしさで涙が零れそうになる。お尻をしっかり掴まれているから彼の淫らな舌から逃げることもできずに、たまらず淫靡な喘ぎを零しながら、お尻を振って、彼の愛撫に溺れてしまっている。

「俺のもして欲しいな」

おねだりされて慌てて彼を口に含む。微かに彼が腰を送るから、喉の入り口まで彼でいっぱいになりそうで、苦しくて唾液が溢れてくる。それなのに喉の入り口に当たる感覚と、その苦しさが嬉しくて、彼のモノで口の中まで感じてしまうのだと初めて知ってしまった。

「んっ……んぁ、ああっ」

彼を咥えている間もフェリクスに、じゅるじゅると音を立てて感じやすい部分を吸われ、舐《な》め回《まわ》される。凝っている芽を強く吸い上げられた瞬間、自分が今どうなっているのかもわからず、エミーリアは彼を口に含んだ状態で達してしまう。

(なんだか、愛撫しているのかされているのか、わからないけど……すごく気持ちいい……)

必死すぎて頭の中が真っ白になって息が苦しくて、彼から口を離すと咳き込んでしまった。

「だ、大丈夫？　無理しないでくれてよかったのに……」

背中をさする彼の心配そうな顔を見てエミーリアは小さく笑う。

「大丈夫です。……口の中まで、気持ちよかっただけ」

自分の唇をなぞりながら言うエミーリアのセリフに、フェリクスは息を呑み、熱っぽい視線を向けた。

「まったく……エミーリアの体はどこもかしこも感じやすすぎて……ますます虜《とりこ》になりそうだ」

淫らな会話をして、お互い欲を抱えたまま抱き合う。エミーリアの呼吸が整うのを彼は待ってくれる。

「エミーリア、大好きだ」

甘い囁きと幸せそうな笑みはエミーリアの心臓をいつだってわしづかみにする。ずっと隣で見ていたかったのに、と切ない思いをしていたのは、たった数ヶ月前のことなのに、今はもうこの笑顔の横でないと生きて行けないと、そう思ってしまっているのだ。

「すこし落ち着いたら、貴女を抱いてもいい？」

フェリクスは切なげに言いながら背後からエミーリアを抱きしめる。エミーリアは二度達しているのに、彼はエミーリアの中に入ってすらいないのだ。きっと辛いのだろう。

（それに、もうフェリクス様なしでは満足できなくなっちゃった）

「……はい。私も抱いて欲しいです」

恥ずかしいけれど、きちんと言葉にすると、彼は目を細めて嬉しそうな顔をした。エミーリアをベッドの上に這わせ、後ろからとろとろに溶けている部分に指を滑らせた。

「あぁ、いつでも来て欲しいっておねだりしているみたいだ」

彼の手の動きに合わせて、ぬちゅりぬちゅりと蜜が滴る。堪らなくてお尻を振って彼を誘う。

「フェリクス様、お願い……ください」

後ろを振り向いて切なげに見つめると、彼は獣欲に塗れた視線でエミーリアを見つめ返す。まるで美しい獣の贄になったような、甘美な悦びを感じる。

「……もちろん。いくらでも」

フェリクスがエミーリアの中に入ってくる。大きくて熱い塊を飲み込んで、エミーリアは思わず声を上げる。フェリクスが気持ちよさに唸る。

「あぁ、最高だな……」

彼はエミーリアのお腹の辺りと胸の辺りを抱きしめて、彼女の身を起こさせた。一度に飛び込んでくるのは桜景色で。そのまま彼は膝立ちになって彼女を支えながら後ろから貫いた。

「エミーリア、見て。こんな美しい景色の中で、貴女は今、何を思っているの？」

目を見開いて目の前の光景を脳に焼き付ける。けれど今はもう景色よりフェリクスに抱かれていることが嬉しくてたまらない。

「フェリクス様、大好き。気持ちいい……ずっと一緒にいたいの……」

後ろを振り向いてキスをねだる。愛おしげな紫色の瞳が自分を映している。

「エミーリア、ずっと一緒にいよう……」

誓ってくれる彼の言葉に、エミーリアはこの世界がどんな世界でも、彼と一緒にいられるならそれが現実なのだと思う。

「あぁ、エミーリア。一緒に……イこう」

絶頂を誘う言葉にエミーリアは頷き、そのまま押し倒されるようにして、後ろから彼に何度も貫かれる。気持ちよくて意識が朦朧《もうろう》としてくる。乱れた彼の吐息と濡れた体を重ねて、エミーリアは深い

愉悦の果てに達する。


ぎゅっと抱きしめてくれるのは、優しい夫。目を開くと、絶え間なく桜が空から降ってくる。

幻想的な風景に、ふと最初に黒猫に言われた言葉を思い出す。

「cogito ergo sum」

「ん？　何か言った？」

耳元で囁く彼に笑顔で答える。

「我思う、故に我ありって、こういうことかなって」

「……ん？」

心も体も満たされて、幸せそうな夫にキスをしてエミーリアは答える。

「……貴方を愛しているからこそ、私は今、ここに存在しているんです」

エミーリアの言葉にフェリクスはその紫色の目を細めて、幸せそうな猫のように笑った。

◇◇◇

「おつかれ、永美」

熱に翻弄された一夜が去り。

フェリクスがいなくなった途端、しれっと猫が現れるのはもういつものことだ。黒猫のヤマトがまた宙に浮いてエミーリアの顔を覗き込む。

「とりあえず、ハッピーエンドにたどり着けたっぽい？」

尋ねられて、エミーリアは小さく頷いた。

「そうだね、きっと一つのハッピーだよね」

言いながらエミーリアは手を伸ばして、目の前でふわふわとしているヤマトの前足を捕らえて、柔らかい肉球をぷにっと押してみる。するとヤマトは少しイヤな顔をした。

「でも生きている限り、人生は終わりじゃないから、エンドではないよね。だからこれからもハッピーエンドを目指して生きて行くんだろうって思うよ」

ヤマトは肉球からエミーリアの手が離れた瞬間、シュッと前足を引っ込めて、代わりにエミーリアの肩に足を乗せる。

「まあ、それもまた一つの選択肢だね」

「そう、人生は選択の連続だからね」

エミーリアの言葉を聞きながら、猫はまたエミーリアの髪の中に頭を突っ込む。

「そうかもしれないね。猫はどっちにしろ人生について考えたりはしないけどね」

それだけ言うと、チェシャ猫みたいな黒猫は、再び姿を消したのだった。

あとがき

こんにちは、当麻咲来です。

この度は『元ブラックな社畜の悪役令嬢ですが、転生先ではホワイトな労働条件と王子様の溺愛を希望します』をお読みいただきましてありがとうございます。

このお話では冒頭でヒロインが異世界転生をしてしまうのですが、もしそうなったら人は何を思うのだろうかと考えた時に、ふと懐かしい景色を見たくなるのではないかと思い、日本人ならきっと懐かしく思うであろう花、桜をキーワードにしました。

そうしましたら担当編集者さまから「三月末の刊行で如何でしょうか」と言っていただいて、正に桜が咲き始める季節にこの作品が店頭に並ぶこととなり、そのうえ表紙を担当してくださるのが、美麗で作品の世界観を素敵に描かれるＫＲＮ先生だと伺い、この作品はありがたい縁をたくさん連れてきてくれる子だなあ、ととても幸せな気持ちになりました。

表紙を見ていただければわかるとおり、華やかでこの季節ぴったりな（しかも子猫のヤマトまでいる！）最高すぎるイラストを描いていただきました。ＫＲＮ先生、ありがとうございます。

そしてとても文字数の多いタイトルですが、ワクワクするようなデザインをしていただいて、こんな素晴らしい表紙になり、皆様のお手元に届けることができたことが、とても嬉しいです。

最後にこの作品を完成してくださるのは、お手にとってくださった皆様です。

ヒロインのエミーリアと共に、ドキドキしたり切なくなったりしつつ、作品を楽しんでいただけたら最高に幸せです。

近いうちにまた皆様にお会いできることを願っています。お読みいただきありがとうございました。

当麻　咲来

ガブリエラブックスをお買い上げいただきありがとうございます。
当麻咲来先生・ＫＲＮ先生へのファンレターはこちらへお送りください。

〒110-0016　東京都台東区台東4-27-5（株）メディアソフト
ガブリエラブックス編集部気付　当麻咲来先生／ＫＲＮ先生　宛

gabriella books

MGB-111

元ブラックな社畜の悪役令嬢ですが、転生先ではホワイトな労働条件と王子様の溺愛を希望します

2024年4月15日　第1刷発行

著　者　当麻咲来《とうまさくる》

装　画　ＫＲＮ《かれん》

発行人　日向晶

発　行　株式会社メディアソフト
〒110-0016
東京都台東区台東4-27-5
TEL：03-5688-7559　FAX：03-5688-3512
https://www.media-soft.biz/

発　売　株式会社三交社
〒110-0015
東京都台東区東上野1-7-15
ヒューリック東上野一丁目ビル３階
TEL：03-5826-4424　FAX：03-5826-4425
https://www.sanko-sha.com/

印　刷　中央精版印刷株式会社

フォーマットデザイン　小石川ふに（deconeco）

装　丁　吉野知栄（CoCo.Design）

ISBN 978-4-8155-4337-2